Oetinger

Rüdiger Bertram, 1967 in Ratingen geboren, arbeitete lange als Medienjournalist und Drehbuchautor. Vor zehn Jahren begann er, Kinder- und Jugendbücher zu schreiben. Gemeinsam mit dem Illustrator und Comiczeichner Heribert Schulmeyer hat er die erfolgreichen Comicserien »Coolman und ich« und »Die Jungs vom S.W.A.P.« herausgebracht.

Heribert Schulmeyer, 1954 geboren, fand schon als Kind Freude am Zeichnen von Comics, was er bis heute mit Ausdauer betreibt. Er studierte freie Graphik und Illustration an der Kölner Werkschule, machte sich einen Namen mit Comics für Erwachsene und illustriert sehr erfolgreich Kinderbücher. Heribert Schulmeyer arbeitet u.a. auch für die beliebte »Sendung mit der Maus.« des WDR.

Rüdiger Bertram und **Heribert Schulmeyer** haben den gleichen Humor und sind ein gutes Team. Kein Wunder, dass dabei so geniale Figuren wie »Coolman« und so heldenhafte wie die »Jungs vom S.W.A.P.« entstanden sind.

Rüdiger Bertram

DIE JUNGS VOM S.W.A.P.

Space Agents

Ein Comicroman mit Bildern
von Heribert Schulmeyer

Verlag Friedrich Oetinger · Hamburg

Mehr von Rüdiger Bertram & Heribert Schulmeyer

Die Jungs vom S.W.A.P. Operation Deep Water
Die Jungs vom S.W.A.P. Flammendes Inferno
Die Jungs vom S.W.A.P. Space Agents

COOLMAN und ich
COOLMAN und ich. Rette sich, wer kann
COOLMAN und ich. Ganz großes Kino
COOLMAN und ich. Ein Job für alle Fälle
COOLMAN und ich. Bonjour Baguette
COOLMAN und dich. Voll auf die Zwölf
COOLMAN und ich. Auf die harte Tour
COOLMAN und ich. Geht nicht gibt's nicht

COOLMAN gibt es auch für Erstleser
in der Reihe »Büchersterne«

MIX
Papier aus verantwortungsvollen Quellen
FSC® C014496
www.fsc.org

Einband und Comics von Heribert Schulmeyer
Druck und Bindung: GGP Media GmbH, Pößneck
Printed 2015
ISBN 978-3-7891-2031-2

www.coolmanundich.de
www.oetinger.de

KAPITEL EINS HAUSBESUCH

Tim saß auf dem Klo, als es an der Tür klingelte. Doch davon ließ er sich nicht stören. Seine Eltern waren im Büro – wie immer –, aber sie beschäftigten einen englischen Fahrer, eine ungarische Köchin und eine südkoreanische Haushälterin. Einer von denen würde bestimmt aufmachen, dachte Tim und blätterte weiter in dem Buch, das er gerade las. Es war ein Spionageroman. Die erste Hälfte der Geschichte spielte auf einer Weltraumstation, die zweite in einer Siedlung auf dem Mars. Die Story war völlig unglaubwürdig und hatte mit dem wahren Agentenleben absolut nichts zu tun. Tim konnte das beurteilen, weil er gemeinsam mit seinem Freund Bob seit einiger Zeit als Top-Agent für den S.W.A.P. arbeitete. Der S.W.A.P. – die Abkürzung stand für Special Weapon Action Program – war der streng geheime Geheimdienst der UNO, und dass ausgerechnet die beiden Freunde für ihn arbeiteten, war anfangs ein riesengroßes Missverständnis gewesen. Mittlerweile aber hatten Bob und Tim der Menschheit im Auftrag des S.W.A.P. bereits zwei Mal den Arsch gerettet.

Beim ersten Mal war es ein verrückter Professor gewesen, der die weltweiten Wasservorräte hatte verschwinden, und bei ihrem zweiten Einsatz eine durchgeknallte Wissenschaftlerin, die auf Knopfdruck sämtliche Vulkane hatte hochgehen lassen wollen. In beiden Fällen hatte der skrupellose Baron von Funeral im Hintergrund die Fäden gezogen, und dass er ihnen in beiden Fällen am Ende entwischt war, ärgerte Tim noch immer.

Es läutete erneut an der Tür.

»Komme schon doch. Alte Frau keine U-Bahn«, hörte Tim ihre Köchin rufen.

Kurz darauf erklangen Männerstimmen im Flur. Tim war zu weit weg, um verstehen zu können, was sie sagten. In der Villa seiner Eltern gab es fünf Badezimmer, und Tim hockte in dem, das am weitesten von der Haustür entfernt lag. Es dauerte, ehe die Stimmen näher kamen. Die Männer unterhielten sich in einer fremden Sprache.

»★♣✽☠≢#✝«, fluchte Tim leise. Zum einen, weil der Roman von Seite zu Seite immer absurder wurde. Zum anderen ärgerte er sich, dass er weder den Atomisator noch die Mikrokopfhörer griffbereit hatte. Bob und er hatten ihre Ausrüstung nach dem letzten Einsatz wieder abgeben müssen, dabei hätte er jetzt beides gut gebrauchen können. Der Atomisator war die Standardwaffe des S.W.A.P. Das Gerät sah aus wie ein harmloser Akkuschrauber, besaß aber die bemerkenswerte Fähigkeit, einen Gegner in seine einzelnen Atome zu zerlegen und diese erst weit entfernt wieder zusammenzusetzen. Die Mikrokopfhörer dagegen erlaubten nicht nur eine ständige Funkverbindung zur S.W.A.P.-Zentrale, sondern besaßen auch eine Übersetzungsfunktion, die es einem ermöglichte, alle Sprachen der Erde zu verstehen und auch zu sprechen.

Tim hörte ihre ungarische Köchin rufen. Doch was sie den Männer anscheinend erfolglos verbieten wollte, wusste er nicht. Vielleicht hatten sie sich an der Tür nicht die Schuhe abgeputzt oder vergessen, ihre Visitenkarte abzugeben.

Während Tim noch überlegte, hatten die Männer auch schon das Bad erreicht.

Tim war klar, dass der Besuch in irgendeiner Verbindung mit seiner Arbeit für den S.W.A.P. stand. Ihm war nur nicht klar, ob es eine gute oder schlechte Verbindung war. Der Junge, der nicht umsonst den Spitznamen *Big Brain* trug, rieb sich sein Ohrläppchen. Das tat er immer, wenn er intensiv nachdachte. Sein Blick fiel auf die Lüftungsklappe in der Badezimmerdecke. Wenn er auf die Kloschlüssel stieg, konnte er mit etwas Glück die Abdeckung zur Seite schieben, sich dort hochziehen und durch den Lüftungskanal verschwinden. Falls die Männer draußen mit guten Absichten kamen, würde man das Ganze später immer noch klären können. Falls nicht, war es besser, jetzt schleunigst zu verschwinden.

»Ich bin auf dem Klo!«, brüllte Tim.

»Egal! Komm raus, oder wir kommen rein«, antwortete die Stimme.

»Sie nicht dürfen! Ich verbie...« Die Stimme der Köchin brach mitten im Satz ab, und das war kein gutes Zeichen, fand Tim. Er stieg auf die Kloschüssel und streckte die Arme in die Höhe, um die Abdeckung zu erreichen. Aber es fehlten ein paar Zentimeter. Tim sah sich nach etwas um, mit dem er mehr Höhe gewinnen könnte.

»Wird's bald?! Mach schon auf!«, brüllte der Mann und hämmerte mit der Faust weiter gegen die Tür.

»Eine Sekunde! Ich muss mir nur noch die Hände waschen«, rief Tim zurück und begann aus Klopapierrollen eine Art Treppe zu bauen. Er war schon fast fertig, als jemand von außen mit voller Wucht gegen die Tür trat. Tim streckte die Hand ein zweites Mal nach der Abdeckung aus, und diesmal reichte es. Schnell schob er die Klappe zur Seite und griff in den Lüftungskanal, um sich dort hochzuziehen. Genau in dem Moment traf ein weiterer Tritt die Klotür. Das Holz rund um das Schloss zersplitterte, und die Tür sprang auf. Tim wollte sich gerade nach oben hangeln, da packten zwei Hände seine Beine und hielten ihn fest.

Zwei Kollegen des Mannes warteten draußen, aber bestimmt nicht aus Schamgefühl, da war sich Tim ziemlich sicher. Der eine hatte seine Hand auf den Mund der Köchin gelegt, die Tim in einer Mischung aus Angst und Empörung Hilfe suchend anstarrte. Der andere hielt eine Pistole in der Hand, deren Lauf auf den Boden gerichtet war. So als würde er den Einsatz der Waffe bei einem Jungen wie Tim als unnötig erachten. Alle drei entsprachen mehr dem südländischen Typ und trugen dunkelgraue Anzüge, die schon ein wenig abgewetzt aussahen.

»Also, was ist jetzt? Kommst du freiwillig da runter?«, schnauzte der Mann, der immer noch Tims Beine umklammert hielt.

»Würde ich ja gern, aber dazu müssten Sie mich erst loslassen.« Tim gab sich Mühe, seine Stimme möglichst unbeeindruckt klingen zu lassen. So als würden ihn jeden Tag wildfremde Menschen auf dem Klo abholen. Der Mann zögerte kurz, dann ließ er tatsächlich los. Tim nutzte die Gelegenheit und zog sich schnell in die Höhe. Doch weil er im Gegensatz zu seinem Freund Bob nicht der Kräftigste war, scheiterte sein Fluchtversuch. Tims Klimmzug endete auf halber Höhe. Wortlos zog ihn der Mann an den Beinen zurück auf die Klopapiertreppe, die Tim gebaut hatte. Dann packte er ihn fest am Oberarm und führte ihn aus dem Badezimmer auf den Flur hinaus, wo seine Kollegen mit der Köchin auf ihn warteten.

»Wären Sie so nett, mir zu verraten, mit wem ich hier die Ehre habe?«, erkundigte sich Tim höflich.

Doch außer einem knappen »Klappe, Kleiner!« und »Mitkommen!« war dem Türeintreter kein weiteres Wort mehr zu entlocken. Auch die beiden anderen Männer schwiegen. Tim vermutete, dass die zwei kein Deutsch sprachen. Untereinander redeten sie Arabisch. Zumindest nahm Tim das an. Ungarisch war es jedenfalls nicht, denn die Köchin starrte Tim immer noch verständnislos an, weil auch sie keine Ahnung hatte, was hier gespielt wurde.

»Hat Snyder Sie geschickt? Oder war es Angela Steel?«, fragte Tim. »Mir können Sie es ruhig sagen, ich gehöre doch auch zu dem Laden.«

Mit »dem Laden« meinte Tim den S.W.A.P. Snyder war deren bester Mann, den Bob und Tim vor einiger Zeit versehentlich mit einer Dose Ravioli außer Gefecht gesetzt hatten. Eigentlich nur ein ganz dummer Zufall, doch weil es im Denken der Geheimdienste keine Zufälle gibt, hatte der S.W.A.P. die Jungs zu gefährlichen Top-Agenten erklärt und umgehend verpflichtet. Das war nötig, weil Snyder weiterhin unter den Nachwirkungen des Unfalls litt und es sicher noch eine Weile dauern würde, bis er wieder voll einsatzfähig war. Das Einstellungsgespräch hatte Angela Steel geführt, die Chefin des Geheimdienstes. Tim erinnerte sich noch gut an ihr Angebot: »Was zahlen sie euch? Egal, wie viel es ist, wir zahlen das Doppelte.« Ein leeres Versprechen, wie er inzwischen wusste, da der S.W.A.P. ständig pleite war.

Vielleicht, dachte Tim, gehörten die Männer doch zum selben Verein. Vielleicht konnte sich der S.W.A.P. momentan nur ein paar Praktikanten leisten, um Bob und ihn in die Zentrale zu bringen, wo Angela Steel und Thomas Snyder den Jungs ihren neuen Auftrag erklären würden.

»Seid ihr die neuen Praktikanten?«, fragte Tim. »Kann man beim Geheimdienst ein Praktikum machen? So richtig professionell seht ihr nämlich nicht aus, ehrlich gesagt.«

Als der Türeintreter Tims Frage für seine Begleiter übersetzt hatte, kassierte Tim als Antwort einen Schlag mit dem Pistolenlauf auf den Hinterkopf. Der Mann hatte nicht wirklich hart zugeschlagen, weh tat es trotzdem.

»Man wird doch noch mal fragen dürfen«, knurrte Tim. »Und das mit dem Schlag erzähl ich Angela Steel. Dann können Sie das mit dem festen Job später vergessen.«

Diesmal wartete der Mann die Übersetzung gar nicht erst ab. Ein zweiter Schlag, kräftiger als der erste, brachte Tim endgültig zum Schweigen. Er rieb sich seinen schmerzenden Schädel und lief stumm neben den Männern her. Im Kopf spielte er verschiedene Fluchtmöglichkeiten durch, doch keine davon schien Erfolg versprechend zu sein. Hilfe war auch nicht zu erwarten, weil Tim gerade einfiel, dass der Chauffeur seiner Eltern in der Stadt unterwegs war und die Haushälterin heute ihren freien Tag hatte. Tim blieb nichts weiter übrig, als auf einen günstigen Augenblick zu warten, um einfach zu verduften. Er war sich inzwischen ziemlich sicher, dass die Männer nicht zum S.W.A.P. gehörten.

Als sie das Foyer erreicht hatten, fesselten die Männer die Köchin mit vier Kabelbindern auf einen Stuhl, der direkt neben der Tür stand. Dann knebelten sie die Frau mit einem Stofftaschentuch. Tim tat die Köchin leid, weil das Taschentuch nicht so aussah, als käme es frisch aus der Wäsche, sondern im Gegenteil eher stark gebraucht wirkte.

Als sich der Türeintreter von der Qualität der Kabelbinder überzeugt hatte, band er damit auch Tims Hände auf dessen Rücken.

»Aua, nicht so fest!«, schimpfte Tim.

Als Reaktion zog der Mann den Kabelbinder noch etwas enger und schob Tim vor sich her zur Tür hinaus.

Auf der Kieseinfahrt parkte ein dreckiger Kleinbus, der seine besten Zeiten in den Achtzigern des letzten Jahrtausends erlebt haben musste. Vor den Seitenfenstern hingen Vorhänge, deren Muster an orientalische Teppiche erinnerte. Hinter der Scheibe erschien plötzlich das Gesicht eines Jungen, der mit dem Kinn einen der Vorhänge zur Seite geschoben hatte. Es war Bob, Tim bester Freund und Kollege beim S.W.A.P., der anscheinend ebenfalls gefesselt war. Aber das hatte Tim gar nicht anders erwartet. Und obwohl ihre Lage – vorsichtig ausgedrückt – etwas undurchsichtig war, freute sich Tim, seinen Freund wiederzusehen.

KAPITEL ZWEI
STUMPFE MESSER SCHNEIDEN SCHLECHT

Auch Bobs Hände waren mit einem Kabelbinder auf dem Rücken gefesselt, was das Sitzen ziemlich unbequem machte. Der Türeintreter hatte Tim auf die Bank neben Bob geschoben und war dann vorne auf den Beifahrersitz geklettert. Die beiden anderen Männer hatten sich in dem Minibus in die Reihe vor Bob und Tim gesetzt. Außerdem gab es noch einen Fahrer, der den gleichen abgewetzten Anzug trug wie seine Kollegen und der mit Bob im Wagen gewartet hatte.

»Weil wir ein großes Haus haben«, antwortete Tim seinem Freund. »Da ist man halt etwas länger unterwegs. Bei dir waren die bestimmt ruck, zuck rein und wieder raus.«

Das stimmte. Die längste Zeit hatten die Entführer dafür gebraucht, in den zwölften Stock zu laufen, weil der Aufzug wieder kaputt war. Oben angekommen, hatten sie die kleine Sozialwohnung gestürmt, in der Bob mit seiner Verwandtschaft lebte. Die hatte von dem Überfall nichts mitbekommen, weil der Fernseher so laut gestellt war, dass sie das Splittern der Wohnungstür genauso wenig gehört hatten wie Bobs Hilferufe.

Bob trug den Spitznamen *Die Faust*, weil er eher praktisch begabt war und keiner Prügelei aus dem Weg ging. Der schlagkräftige Bastler Bob und der planende Denker Tim ergänzten sich perfekt, und das war auch der Grund, warum sie trotz ihrer unterschiedlichen Herkunft und Eigenarten schon vor ihrer Zeit beim S.W.A.P. so dicke Freunde geworden waren.

»Hast du die Pistole nicht gesehen? Ich bin mutig, tapfer und furchtlos, wenn es sein muss. Aber ich bin nicht lebensmüde«, erwiderte Bob und fügte flüsternd hinzu: »Außerdem glaube ich, dass das hier alles nur ein schlechter Scherz von Snyder ist. Der will uns ein wenig Angst einjagen. Pass auf, wenn wir halten, warten er und die Chefin schon auf uns und lachen sich kringelig.«

»Das glaube ich eher nicht«, erwiderte Tim. »Du brauchst übrigens nicht zu flüstern. Bis auf den Typen auf dem Beifahrersitz spricht von denen keiner Deutsch. Außerdem können die Praktikanten dich bei dem Krach sowieso nicht hören.«

Der Fahrer hatte einen Musiksender eingeschaltet, und die Männer sangen die orientalisch klingenden Lieder lauthals mit, ohne sich weiter um die Jungs zu kümmern.

»Praktikanten?«, fragte Bob verwundert. »Was denn für Praktikanten?«

»Nur so eine Theorie von mir«, erwiderte Tim.

»Hast du auch eine Theorie, wie wir hier wegkommen?«

»Wir warten erst mal ab, wo die uns hinbringen. Die wollen ja anscheinend irgendetwas von uns, sonst hätten sie eine Kugel und keine Kabelbinder an uns verschwendet. So, wie ich das sehe, droht uns unmittelbar wohl keine Gefahr. Lass uns die Fahrt einfach ein bisschen genießen.«

»Würde ich ja gern, ist aber gar nicht so leicht mit den gefesselten Händen auf dem Rücken.«

»Rück mal näher! Ich schau, was ich machen kann.«

Bob schob sich so nah an Tim, dass ihre Rücken sich fast berührten. Tim streckte seine gefesselten Hände, bis er Bobs Handgelenke erreichen konnte. Vergeblich versuchte er, den Kabelbinder zu lockern. Doch je mehr er zerrte, desto fester zog sich die Plastikfessel um das Handgelenk seines Freundes.

»Aua! Pass doch auf!«, schimpfte Bob.

»Die Dinger sitzen bombenfest«, erwiderte Tim.

»Ich habe ein Klappmesser in meiner hinteren Hosentasche«, sagte Bob.

»Du glaubst doch wohl nicht, dass ich in deiner Hosentasche rumwühle?!« Tim rückte ein Stück Richtung Tür.

»Keine Sorge, ich habe nicht die Absicht, dich zu heiraten oder so was. Nun mach schon«, drängelte Bob.

»Muss das sein?«, fragte Tim.

»Wenn du ein Messer hättest, würde ich mich nicht so anstellen. Hast du ein Messer?«

»Nein.«

»Dann mach endlich, mir sterben langsam die Finger ab.«

Tim ging es nicht besser, weil ihm die straff gezurrten Kabelbinder die Blutzufuhr zu seinen Händen abschnürten. Umso schwerer war es für ihn, in Bobs hinterer Hosentasche nach dem Messer zu suchen.

»Hast du es gefunden?«

»Ja, und außerdem noch irgendetwas Klebriges, von dem ich lieber nicht wissen möchte, was es ist«, antwortete Tim angewidert.

»Das müsste ein altes Kaugummi von mir sein. Und jetzt schneid mich endlich los.«

Tim brauchte ewig, bis es ihm mit seinen steifen Fingern gelungen war, das Taschenmesser aufzuklappen.

»Und wehe, du schneidest mir versehentlich die Pulsadern auf!«, zischte Bob, als Tim anfing, sich mit dem Messer möglichst unauffällig an dem Kabelbinder zu schaffen zu machen.

»Was dann? Willst du mir dann jede Nacht um Punkt Mitternacht als Geist erscheinen, oder was?«, zischte Tim zurück. »Halt einfach nur still.«

Die Männer hatten in der Zwischenzeit begonnen, sich im Takt einer orientalischen Schlagerschnulze von rechts nach links zu wiegen. Dabei geriet auch der Minibus bedrohlich ins Schlingern. Ihr Fahrer musste immer wieder gegenlenken, damit der Wagen nicht auf die gegenüberliegende Fahrbahn geriet.

»★☢✲☠≋#†«, fluchte Tim plötzlich.

»Du hast mich geschnitten! Ich wusste es! Wahrscheinlich ist es nur der Schock, dass ich keine Schmerzen spüre. Ich werde auf der Rückbank dieses schäbigen Busses elendig verbluten«, flüsterte Bob, der plötzlich ganz weiß im Gesicht war.

»Ich habe dich nicht geschnitten, ich habe das Messer verloren. Ist ja auch kein Wunder bei der Fahrweise«, erklärte Tim und deutete auf den Fußraum, in dem das aufgeklappte Messer vor Bobs Füßen lag.

»Lass das mal meine Sorge sein!«

Tim stieß einen lauten Schrei aus und ließ sich von der Rückbank auf den Boden sinken, als wäre er gerade erschossen worden. Die Männer verstummten überrascht und blickten sich zu den Jungs um. Auch der Mann am Lenkrad drehte sich um, weshalb der Wagen erneut einen gefährlichen Schlenker machte und um ein Haar eine Radfahrerin mit einem Kinderanhänger über den Haufen gefahren hätte. Doch statt sich zu entschuldigen, schimpfte der Fahrer nur laut aus dem Seitenfenster, und sein Kollege fuchtelte drohend mit der Pistole herum, als hätte nicht der Minibus beinahe die radelnde Mutter umgefahren, sondern umgekehrt.

Profis waren das keine, da war sich Tim inzwischen völlig sicher. Er lag immer noch auf dem Boden und tastete nach dem Messer. Profis hätten niemals in der Öffentlichkeit ihre Waffen gezeigt. Vielleicht lag er mit seiner Praktikanten-Theorie doch nicht so weit daneben. Der Türeintreter war vielleicht eine Art Ausbilder oder Aufpasser, der dafür sorgen sollte, dass sich die Geheimdienst-Praktikanten nicht völlig danebenbenahmen.

Während Tim noch überlegte, packten ihn die zwei, die auf der Bank vor ihm saßen, am Kragen seines Poloshirts und schoben ihn zurück auf seinen Sitz. Dass Tim das Messer in seiner Faust verborgen hielt, bemerkte bei der ganzen Aktion keiner der Männer.

»Und? Hast du es?«, zischte Bob, als Tim wieder neben ihm saß.

»Klar! Schließlich bin ich *Big Brain*, was denkst du denn?«

»Das ist es ja gerade, was mir Sorgen macht«, knurrte Bob, der Tim in praktischen Dingen nicht allzu viel zutraute.

Tim sparte sich eine Antwort und bemühte sich, mit der Messerklinge unbemerkt den Kabelbinder zu durchtrennen. Das dauerte allerdings, weil die Schneide nicht sonderlich scharf war und Tim mit den Händen auf dem Rücken nicht wirklich sehen konnte, was er da tat.

»Dein Messer ist stumpf wie ein Weißbrot«, knurrte Tim, während er weiter unauffällig an dem Plastikband herumsäbelte. »Hättest du dir nicht ein schärferes Messer einstecken können?«

»Hättest du dir nicht ein schärferes Messer einstecken können? Hätte meine Oma vier Räder und eine Hupe, wäre sie ein Bus«, erwiderte Bob unbeeindruckt. »Motz hier nicht rum, sondern beeil dich lieber! Ich spüre meine Fingerspitzen nicht mehr.«

»So, schon erledigt!«, verkündete Tim, als er endlich fertig war.

»Schon?!«, brummte Bob und rieb sich die schmerzenden Handgelenke. Es kribbelte in seinen Fingern, weil das Blut wieder hineinschoss. Dann übernahm er das Messer und befreite Tim von dessen Fesseln. Die Männer hatten von all dem nichts mitbekommen. Sie sangen wieder laut die Lieder aus dem Radio mit, ohne den Jungs auf der Rückbank besondere Aufmerksamkeit zu schenken.

»Jetzt geht es mir zwar schon viel besser, aber noch nicht gut genug«, erklärte Bob, verschränkte die Hände hinter dem Rücken und ließ die Fingerknochen knacken. Das tat er immer, wenn er angespannt war. Auch Tim hielt seine Hände auf dem Rücken, damit ihre Entführer im Rückspiegel nicht erkennen konnten, dass sich die Jungs längst von ihren Fesseln befreit hatten.

»Was wäre denn gut genug?«, fragte Tim.

»Na, wenn wir so schnell wie möglich aus diesem Bus hier verschwinden«, antwortete Bob. »Wir könnten sie zum Beispiel mit dem Messer überwältigen.«

»Du willst sie mit deinem Baguettebrot da angreifen?« Tim grinste.

»Sehr witzig.« Bob schob vorsichtig einen der Teppiche am Fenster zur Seite und hielt sehnsüchtig nach einer roten Ampel Ausschau. Aber als hätte sich der Verkehr gegen sie verschworen, raste der Minibus von einer grünen Ampel zur nächsten und verringerte seine Geschwindigkeit erst, als der Wagen schließlich in eine Einfahrt einbog.

»Wo sind wir?«, fragte Tim.

»Sieht irgendwie offiziell aus«, erwiderte Bob. »Fast wie eine Botschaft oder so. Egal, wenn der Wagen hält, springen wir raus und hauen ab.«

»Nicht so schnell, ich bin hier fürs Pläneschmieden zuständig.«

»Und was, bitte schön, ist dein Plan?«

»Wenn der Wagen hält, springen wir schnell raus und hauen ab.«

»Genau das habe ich doch gerade gesagt!«

»Nein, du hast das ›schnell‹ vergessen! Deswegen bist du auch nur die *Faust*, und ich bin *Big Brain*.«

Bob verdrehte die Augen, verzichtete jedoch auf einen Kommentar, weil der Minibus jetzt schon fast zum Stehen gekommen war. Tim nickte Bob zu, der nickte Tim zu, dann rissen sie die Türen.

KAPITEL DREI ABWERBUNGSVERSUCH

Der Fluchtversuch der Jungs endete schon nach ein paar Metern. Vor ihnen stand ein Mann, den sie wegen der Vorhänge vor den Scheiben nicht hatten sehen können. Er war groß – knapp zwei Meter, schätzte Tim – und trug einen strahlend weißen Kaftan, in dem er aussah wie ein arabischer Scheich. Dazu passte auch das Tuch, das er sich um den Kopf geschlungen hatte. Hinter ihm warteten drei weitere Männer, die ähnlich gekleidet waren, nur dass ihre Umhänge nicht ganz so strahlend weiß leuchteten. Sie hatten ihre Arme vor der Brust verschränkt und starrten Bob und Tim mit ernsten Gesichtern an. An ihren Gürteln hingen Krummdolche, deren silberne Scheiden mit Halbedelsteinen verziert waren. Auch der Riese besaß solch einen Dolch. Doch im Gegensatz zu den anderen Männern waren es bei ihm echte Edelsteine, das erkannte Tim sofort.

Tim war sofort klar, dass mit den »Kameltreibern« ihre Entführer gemeint waren. Sie waren mittlerweile aus dem Minibus ausgestiegen und starrten beschämt auf den Boden. Aus dem Inneren ertönte immer noch orientalische Schlagermusik. Auf einen Wink des Riesen trat einer seiner Dolchträger vor, nahm dem Mann mit der Pistole die Waffe aus der Hand und feuerte drei Schüsse auf das Radio ab.

Danach war Ruhe, und der Mann im weißen Kaftan lächelte zufrieden.

»Warum sind wir hier?«, fragte Tim, der den Moment genutzt hatte, um sich ein wenig umzuschauen. Sie standen in einem Hof, der an drei Seiten von hohen Mauern umgeben war. In eine der Mauern war ein eisernes Rolltor eingelassen, durch das sie hereingekommen sein mussten. Auf der vierten Seite wurde der Hof von einem Palast begrenzt, der mit bunten Mosaiken übersät war und aussah, als hätte man ihn in Bagdad auseinandergebaut und ein paar Tausend Kilometer nordwestlich wieder zusammengesetzt.

»Weil ich euch um etwas bitten möchte. Mein Name ist Prinz Scheich Ali Ben Air, und ich schlage vor, den Rest besprechen wir lieber drinnen. Ich habe meine Köche eine Kleinigkeit zubereiten lassen, um euch gebührend willkommen zu heißen. Ihr müsst wissen, dass dort, wo ich herkomme, Gastfreundschaft eine heilige Pflicht ist.«

»Das haben wir gemerkt«, brummte Bob und ließ seine Fingerknochen knacken.

Der Scheich lächelte weiter, als hätte er die Bemerkung nicht gehört. Bob sah Tim fragend an, und erst als sein Freund die Schultern zuckte, was so viel bedeuten sollte wie »Warum nicht?!«, folgten sie der einladenden Geste, mit der der Scheich ihnen den Weg in seinen Palast wies.

Die Jungs stiegen eine schwarze Marmortreppe hinauf, die zu einer vergoldeten Tür führte. Die drei Dolchträger folgten ihnen mit etwas Abstand, nachdem sie die Männer aus dem Minibus mit lauten Beschimpfungen vom Hof gejagt hatten.

Hinter der Tür lag eine Halle, die ebenfalls mit schwarzem Marmor ausgekleidet war und die Tim sogar noch größer erschien als die Villa seiner Eltern. In der Mitte sprudelte ein Springbrunnen, um den herum deckenhohe Palmen in großen Tonkübeln wuchsen. Der Prinz durchquerte die Halle schnellen Schrittes und führte die Jungs in einen dahinterliegenden Raum mit mindestens einem Dutzend Türen. Der Marmor dort war weiß, aber auch hier gab es einen Springbrunnen. Um das Wasserbecken herum lagen dicke Kissen auf dem Boden verstreut. Der Scheich setzte sich auf eines davon und forderte die Jungs mit einer freundlichen Handbewegung auf, ebenfalls Platz zu nehmen.

Seine Dolchträger blieben an der Tür stehen, die Arme ernst vor der Brust verschränkt, und schauten streng zu Bob und Tim hinüber.

»Das hier ist nur die bescheidene Handelsvertretung des arabischen Königreichs, aus dem ich stamme und das von unserer Familie seit hundertzwanzig Jahren weise und mildtätig regiert wird«, erklärte der Scheich und klatschte zweimal in die Hände. Sofort sprang eine Tür auf, und zehn verschleierte Frauen trugen Silberplatten mit Speisen und Getränken herein, die sie zwischen den Kissen abstellten. Auf ein weiteres Klatschen des Königssohns verließen die Frauen schweigend den Raum, während die Jungs ihnen staunend hinterherblickten.

»Ehe ihr euch falsche Vorstellungen macht: Das ist nicht mein Harem«, erklärte der Prinz und lachte. »Den habe ich zu Hause gelassen.«

»Aber warum sind die Frauen vermummt wie im sibirischen Winter?«, erkundigte sich Bob.

»Das ist nur so ein alter Brauch bei uns«, erklärte der Scheich und griff nach einer gebratenen Fasanenkeule. »So wie der Brauch, Dieben die Hände abzuhacken.«

Bob und Tim starrten den Scheich an, als wäre er ein Zeitreisender aus dem finsteren Mittelalter.

»Sagt bloß, ihr habt das mit den abgehackten Händen wirklich geglaubt?«, fragte der Königssohn amüsiert. »Keine Sorge, auch wir sind mittlerweile im 21. Jahrhundert angekommen.«

»Nur Ihre Frauen leider noch nicht«, brummte Tim.

»Jetzt sagen Sie endlich, was Sie von uns wollen«, forderte Tim den Königssohn auf.

»Ich habe eure Arbeit für den S.W.A.P. genau verfolgt. Zwei Mal habt ihr die Welt schon vor dem Untergang gerettet. Nun steht die Existenz der Menschheit erneut auf der Kippe, aber jetzt rettet ihr sie in unserem Auftrag«, erklärte der Scheich.

»Warum?« Bob beugte sich neugierig über das Buffet, bis Tim ihn in die Seite stieß. Er hielt es für keine gute Idee, etwas davon zu essen, bevor sie nicht wussten, worum es hier eigentlich genau ging.

»Weil wir es leid sind, dass man unser Land nur mit Erdöl, Sand und Terrorismus in Verbindung bringt. Wenn ihr beide in unserem

Auftrag die Welt rettet, wird uns die Menschheit dankbar sein. Dankbar sein müssen«, antwortete der Scheich und tauchte einen Löffel in eine Schüssel mit Kaviar.

»Und vor wem sollen wir die Welt diesmal retten?« Tim bemühte sich, dabei möglichst gelangweilt zu klingen.

Der Königssohn gab einem der Dolchträger ein Zeichen. Der Mann rief einen Diener herein, der ein Dutzend eingerollter Teppiche in das Zimmer schleppte. Auf einen weiteren Wink des Scheichs entrollte er einen davon und hielt ihn in die Höhe.

»Wollen Sie uns jetzt etwa Teppiche verkaufen?«, fragte Bob erstaunt. »Ist das hier so eine Art Basar, oder was?«

»Schaut euch den Teppich genau an!«

»Oxygenium«, las Tim die Schrift auf dem Teppich vor.

»Oxy-was?« Bob sah seinen Freund verständnislos an.

»Oxygenium steht für Sauerstoff«, erklärte Tim. »Aber warum steht das da auf dem Teppich? Ist das so eine Art vorsintflutliche Form der PowerPoint-Präsentation? Warum zeigen Sie uns das nicht einfach am Bildschirm?«

»Weil wir Araber ein altmodisches Volk sind. Ich habe die Teppiche extra für euch knüpfen lassen. Ich dachte, es wäre ... nun ja ... eindrucksvoller«, entgegnete der Prinz.

»Wirklich sehr eindrucksvoll«, bemerkte Bob völlig unbeeindruckt, und auch Tim verzog den Mund nur zu einem mitleidigen Lächeln.

»Egal«, sagte der Scheich, nachdem er sich von seiner kurzen Enttäuschung erholt hatte. »Es geht tatsächlich um Sauerstoff, denn davon gibt es immer weniger. Die Menschen spüren es noch nicht, doch mit den entsprechenden Messgeräten lässt es sich nachweisen. Niemand weiß, wer dahintersteckt. Ich habe jedoch einen Verdacht.«

Als hätte er nur auf dieses Stichwort gewartet, entrollte der Diener einen zweiten Teppich, der das Porträt eines hässlichen alten Mannes zeigte.

»Baron von Funeral«, entfuhr es Bob.

»Oh, du hattest also bereits das Vergnügen, ihn zu treffen«, bemerkte der Scheich erstaunt.

»Na ja, ein Vergnügen war es eigentlich nicht«, erwiderte Bob.

Er war einer der wenigen Menschen, die den Baron jemals leibhaftig zu Gesicht bekommen hatten. Das war während ihres ersten Einsatzes für den S.W.A.P. in einem alten Palazzo in Venedig. Auch bei ihrem zweiten Auftrag war er von Funeral begegnet, und deswegen überraschte es ihn nicht sonderlich, dass der Baron auch hinter dem teuflischen Plan stecken sollte, der Menschheit nach und nach die Luft abzudrehen.

»Woher wissen Sie, wie er aussieht?«, fragte Tim. »Das weiß doch kaum jemand.«

»Wir haben ein paarmal zusammengearbeitet, bevor ich mich entschlossen habe, das Bild der arabischen Welt etwas ... wie soll ich sagen ... etwas positiver zu gestalten«, erklärte der Prinz. »Dazu hole ich mir nur die Besten, und ihr seid die Besten. Mal abgesehen von Hoka Hay natürlich.«

Hoka war etwa so alt wie die Jungs, doch schon viel länger im Geheimdienstgeschäft dabei und deswegen erfahrener als Bob und Tim. Das lag unter anderem daran, dass das asiatische Ninja-Mädchen einer alten Agentenfamilie angehörte und Snyder ihr Vater war. Das hatten die Jungs auf ihrer letzten Mission erfahren. Trotzdem war das Mädchen völlig unberechenbar. Man wusste nie genau, auf welcher Seite sie gerade stand. Mehr als einmal hatte sie Bob und Tim übers Ohr gehauen, doch so richtig übel nehmen konnten sie ihr das beide nicht. Dazu sah sie einfach zu süß aus.

Was meinst du?
Also, was ist? Ich verspreche euch: Egal, was der S.W.A.P. euch für eure Dienste zahlt, ich zahle euch das Doppelte.
Das wird billig, der S.W.A.P. zahlt nämlich gar nichts.
HA
H
Zumindest nicht uns.
HI HI
Wenn ihr euch für unsere Seite entscheidet, werde ich euch mit Gold überschütten. Schlaft einfach in aller Ruhe eine Nacht über mein Angebot. Ich habe schon ein Gästezimmer für euch vorbereiten lassen.
Aber unsere Eltern werden uns vermissen. Und morgen in der Schule wird man unser Fehlen auch bemerken.
Keine Sorge, wir haben die beiden Finnen ausfindig gemacht, die euch sonst im Auftrag des S.W.A.P. doubeln. Für ein anständiges Honorar waren sie sofort bereit, euch zu vertreten.

Die Jungs sahen den Scheich überrascht an. Offensichtlich hatten sie ihn unterschätzt. Die beiden Finnen, die er engagiert hatte, sahen aus, als wären sie Zwillinge der Jungs. Der S.W.A.P. hatte sie eingestellt, damit niemand Bob und Tim vermisste, wenn sie in einer geheimen Mission unterwegs waren. Da weder in Bobs noch in Tims Familie viel geredet wurde, hatte das bisher immer geklappt, obwohl ihre Doppelgänger so gut wie kein Wort Deutsch sprachen.

»Morgen früh erwarte ich eure Antwort.« Der Scheich winkte seine Dolchträger zu sich.

»Ich hätte noch eine Bitte«, sagte Tim, der Mühe hatte, auf die Beine zu kommen, weil ihm die Füße eingeschlafen waren.

»Nur zu, schließlich seid ihr meine Gäste.«

»Könnten wir als Andenken den Teppich mit dem Bild des Barons haben?«

»Meinetwegen gern. Ich habe noch mehr davon«, antwortete der Scheich großzügig. »Aber als Phantombild ist das Format vielleicht doch etwas unpraktisch.«

»Es soll mehr so eine Art Souvenir sein«, erklärte Bob.

»Ein Andenken an den netten Besuch hier bei Ihnen«, ergänzte Tim.

Auf einen Wink des Prinzen rollte sein Diener den Teppich zusammen und reichte ihn Tim, der sich mit einer tiefen Verbeugung vor dem Scheich bedankte.

Dann führten die Dolchträger die Jungs durch eine der vielen Türen aus dem Zimmer.

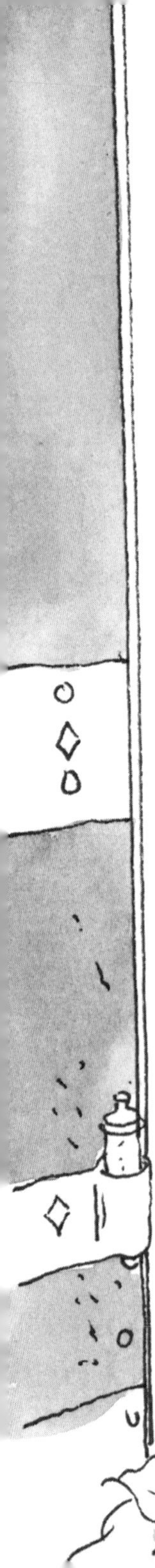

KAPITEL VIER
FLUCHT DURCHS ROHR

Die Männer nahmen Bob und Tim in ihre Mitte und geleiteten sie schweigend durch die endlosen Gänge und über die zahllosen Treppen des riesigen Palastes. Tim hatte den Verdacht, dass man ihn und Bob im Kreis führte, um das Gebäude noch größer erscheinen zu lassen, als es ohnehin schon war. Aber weil die Mosaiken an den Wänden und die Muster auf dem Boden sich in kurzen Abständen wiederholten, hatte er bald die Orientierung verloren, ohne seinen Verdacht belegen zu können. Bob nutzte die Gelegenheit, um ein wenig mit den Dolchträgern zu plaudern.

»Ist so ein Kleid nicht furchtbar unbequem? Und zieht das im Winter nicht ganz schrecklich von unten?«, fragte er und deutete auf das Beduinengewand, das die Männer trugen.

Keine Reaktion.

»Erzähl ihnen einen Witz! Die sehen so aus, als könnten sie einen gebrauchen«, schlug Tim vor.

»Wenn du meinst. Also, ein Wüstenprinz, der in Berlin studiert, schreibt seinem Vater: ›Lieber Papa, ich bin hier der Einzige mit Ferrari, die anderen Studenten fahren alle Straßenbahn.‹ Schreibt der Scheich zurück: ›Lieber Sohn, du sollst dich vor deinen Mitstudenten nicht schämen müssen. Kauf dir auch so eine Straßenbahn.‹«

Tim lachte, aber die Dolchträger verzogen immer noch keine Miene.

»Die sind genau wie die Kannibalen in Kokolunka, erinnerst du dich?«, wollte Bob wissen.

»Klar, diese Bodyguard-Typen sind alle gleich«, erwiderte Tim. »Absolute Humorlosigkeit ist bei denen Einstellungsvoraussetzung. Beim Bewerbungsgespräch wird bestimmt ein Witz erzählt, und wer dann lacht, kann sich den Job gleich abschminken.«

»Vielleicht hat ihr Chef auch gedroht, ihnen die Zunge rauszureißen, wenn sie lachen oder mit uns reden«, sagte Bob.

»Oder er hat es sogar schon getan, damit sie gar nicht erst in Versuchung kommen«, vermutete Tim.

»Sagen Sie bitte mal A!«, forderte Bob den Dolchträger auf, der hinter ihm lief.

Statt seines Mundes öffnete der Mann eine Tür und gab den Jungs mit einer Geste zu verstehen, dass sie das Gästezimmer erreicht hatten.

»War echt nett, mit Ihnen geplaudert zu haben«, verabschiedete sich Tim von den Männern und betrat mit Bob den Raum. Dann schloss sich die Tür auch schon wieder hinter ihnen.

»Die Wasserrechnung des Scheichs möchte ich aber nicht bezahlen müssen«, sagte Bob, als er sich in dem Zimmer umsah. Auch hier plätscherte ein Zimmerspringbrunnen in der Mitte des Raums.

»Die bezahlt der doch mit links. Wenn der wollte, könnte der Champagner sprudeln lassen.« Tim legte den zusammengerollten Teppich mit dem Bild des Barons auf dem Boden ab und ließ sich auf einem der vielen Kissen nieder. Auf einem niedrigen Couchtisch lagen ein Pergament, auf das jemand in verschnörkelter Schrift ein paar Zeilen geschrieben hatte, und ein Dolch, der mit Halbedelsteinen verziert war. Tim nahm das Blatt in die Hand und begann zu lesen.

»Was Wichtiges?«, fragte Bob neugierig.

»Der Dolch ist ein Geschenk des Prinzen für uns. Den dürfen wir sogar behalten, wenn wir sein Angebot ablehnen, schreibt er«, antwortete Tim und zog den Dolch aus der Scheide.

»Klar, der Kerl könnte Öl vom Himmel regnen lassen, ist aber zu geizig, um für jeden von uns einen Dolch springen zu lassen«, sagte Bob.

»Das ist doch nur ein symbolisches Geschenk.« Tim fuhr mit dem Daumen prüfend über die Klinge. »Außerdem ist das Teil so stumpf wie dein Weißbrot-Taschenmesser. Alles andere hätte mich allerdings auch gewundert.«

Bob brummte abfällig und schlenderte zu einer Bar, die an der gegebüberliegenden Wand stand. Neugierig inspizierte er das Angebot:

Von Cola über Limo bis zu Säften aus den exotischsten Früchten gab es alles.

»Guck mal, die haben sogar Tomatensaft. Wer trinkt denn so was?«

»Ich! Ich liebe Tomatensaft. Die Vitamine sind gut fürs Gehirn, wären bei dir also total verschwendet«, antwortete Tim. »Wirf mal eine Flasche rüber.«

»Wenn du es nötig hast«, entgegnete Bob und kam Tims Bitte nach. Er selbst wählte eine Cola. Während er einen Schluck nahm, sah er sich die Fenster genauer an. Es gab zwei, und beide waren vergittert: Eines ging auf den Hof, in dem sie aus dem Wagen gestiegen waren, das andere erlaubte einen Blick in einen orientalischen Garten, in dem meterhohe Palmen wuchsen.

»Vielleicht hat Professor Hazweio das Kamel für seinen legendären Auftritt im Palazzo von Venedig ja von unserem Prinzen hier bekommen«, überlegte Tim laut.

»Glaub ich nicht.« Bob hatte vom Fenster aus einen weiteren Brunnen entdeckt, der in der Mitte des Gartens plätscherte. »Unser kleiner Prinz scheint eine echte Wasserratte zu sein. Da wird ihm gar nicht gefallen haben, dass Hazweio im Auftrag des Barons das ganze Wasser hat verschwinden lassen«, bemerkte er, während er die schweren Eisengitter vor den Fenstern genauer unter die Lupe nahm. Sie waren fest in der Mauer verankert, und mit seinem Taschenmesser oder dem geschenkten Dolch war da gar nichts zu machen, das erkannte Bob sofort.

»Vielleicht war das der Grund, warum er sich vom Baron losgesagt hat«, mutmaßte Tim.

»Falls er sich wirklich losgesagt hat. Traust du dem Prinzen etwa?«

»Klar, genauso, wie ich der Werbung traue.« Tim grinste.

»Und wozu, meinst du, sind die Gitter da?«, fragte Bob. »Sollen die das Einbrechen oder das Ausbrechen verhindern?«

»Wahrscheinlich Letzteres«, erwiderte Tim. »Das nennt man wahre Gastfreundschaft. Die wollen einfach nicht, dass du vor dem Nachtisch verschwindest, ohne dich zu verabschieden.«

»Aber wir pfeifen doch auf gute Manieren, oder?«

»Bingo Flamingo«, antwortete Tim. »Ich brauche nur noch eine Idee, wie wir hier abhauen können. Die Tür ist bestimmt abgeschlossen.«

»Musst du eigentlich immer recht haben? Das ist ekelhaft«, sagte Bob, nachdem er das Zimmer durchquert und Tims Vermutung mit einem Griff an die Türklinke bestätigt hatte.

»Das ist mir selbst manchmal peinlich«, sagte Tim.

»Glaub ich dir nicht.«

»Stimmt, das war gelogen. Und jetzt setz dich endlich hin, damit ich in Ruhe nachdenken kann.« Tim hatte wieder angefangen, sein Ohrläppchen zu kneten, um sich besser konzentrieren zu können. Bob rollte den Teppich aus, setzte sich auf das Bild des Barons und murmelte leise: »Simsalabim«, »Hokuspokus« und »Sesam, erhebe dich!«.

»Was zum Teufel treibst du da?«, fragte Tim nach einer Weile genervt.

»Vielleicht ist das ein fliegender Teppich wie der aus ›Tausendundeiner Nacht‹. Mit dem könnten wir fliehen«, erklärte Bob. »Wäre doch möglich, oder?«

»Klar, und der bringt dich dann auch durch die vergitterten Gitter ins Freie, oder was?«, fragte Tim.

»Ich tue wenigstens was und sitz nicht nur faul auf einem Kissen rum«, brummte Bob beleidigt und betrachtete das geknüpfte Gesicht des Barons von Funeral. »Wenn der Teppich nicht fliegt, kann man den Baron immer noch als Fußabtreter benutzen.«

»Endlich mal eine halbwegs brauchbare Idee von dir.«

»Hast du eine bessere?«

»Ganz einfach, wir bauen einen Turm aus Kissen. Komm, pack mit an!« Tom schnappte sich eines der Kissen, die überall herumlagen, und warf es seinem Freund vor den Bauch. Bob griff sich ebenfalls eines und schmiss es zurück. Sofort war eine wilde Kissenschlacht im Gang, die erst endete, als sich Bob und Tim daran erinnerten, dass sie nicht zu ihrem Vergnügen hier waren. Dann begannen sie schnell damit, aus den Kissen einen Turm zu bauen, der fast bis zur Decke reichte.

»So, das müsste genug sein«, erklärte Tim und kletterte hinauf, was gar nicht so einfach war, weil der Polsterturm unter ihm bedenklich hin und her schwankte.

Oben angekommen, schob Tim die Abdeckplatte der Lüftung zur Seite und schaute neugierig in das Rohr, das dahinter lag.

»Und? Alles okay da oben?« Bob hielt mit beiden Händen den Turm fest, damit der nicht umfiel.

»Abgesehen von den vielen Ratten, die sich hier tummeln, sieht es ganz gut aus«, antwortete Tim.

»Ratten?«, rief Bob entsetzt.

»War ein Scherz«, entgegnete Tim. »Es ist nur eine einzige Ratte. Husch! Husch!«

Bob hörte das Trippeln kleiner Füße, die in dem Lüftungsrohr schnell das Weite suchten.

»Und die ist jetzt auch weg«, sagte Tim und zog sich in die Höhe. Das ging tatsächlich leichter als im Bad der Villa seiner Eltern, weil der Abstand zwischen dem obersten Kissen und der Deckenöffnung geringer war. Kurz darauf war Tim auch schon in dem Lüftungsschacht verschwunden. Als er wiederauftauchte, streckte er die Arme nach seinem Freund aus.

»Los, rauf auf den Turm mit dir! Dann zieh ich dich zu mir hoch.«

»Danke für das Angebot, aber das schaffe ich schon selbst«, erklärte Bob und steckte sich den Dolch in den Hosenbund. »Wäre doch ziemlich unhöflich, den liegen zu lassen, oder?«

Dann erklomm auch er den schwankenden Kissenturm und kletterte zu Tim in den Lüftungsschacht.

Und wohin jetzt?
Da lang! Da muss der Ausgang sein.
Warte, ich habe den Teppich vergessen.
KNALL
Hoka Hay?
Was zum Teufel noch mal machst du denn hier?
Das kannst du sie später fragen.
Wir müssen weg hier! Schnell.

Bob kroch Tim hinterher, während aus dem Zimmer lautes Gebrüll zu ihnen hinaufdrang. Durch das Gepolter der Jungs in der Metallröhre fiel es ihren Verfolgern nicht schwer, deren Weg nachzuverfolgen. Die Mühe, ihnen hinterherzusteigen, machte sich allerdings weder einer der Dolchträger noch Hoka Hay.

»Warum verfolgen die uns nicht?«, rief Bob.

»Vielleicht glauben sie nicht, dass wir es hier rausschaffen«, erwiderte Tim. »Oder sie haben einen anderen Plan.«

Im selben Augenblick bohrte sich von unten die Spitze einer Lanze durch das dünne Aluminiumrohr des Lüftungskanals. In allerletzter Sekunde konnte Tim den Kopf zurückziehen, sonst hätte ihm die Spitze glatt das Auge ausgestochen.

»Die wollen uns mit ihren Speeren durchlöchern!«, rief Bob.

»Das sind keine Speere, das sind Lanzen.«

»Echt? Ich dachte, es wären Speere.«

»Speere sind Wurfwaffen, Lanzen sind Stoßwaffen. Die Dinger werden von unten durch die Decke und, wenn wir Pech haben, auch durch uns gestoßen. Also sind es eindeutig Lanzen.«

»Sagte ich schon, wie ekelhaft es ist, dass du immer recht haben musst?«

»Sagtest du schon«, erwiderte Tim. Dann holte er die Flasche mit dem Tomatensaft aus der Tasche und schraubte sie auf.

»Das ist jetzt echt nicht der richtige Zeitpunkt für eine Erfrischung«, bemerkte Bob, der erneut einer Lanze ausweichen musste, die direkt vor ihm durch die Decke gestoßen wurde. »Kannst du deinen Tomatensaft nicht später trinken?«

»Ich habe doch gesagt, ich liebe das Zeug! Und gesund ist es auch. Es wird uns nämlich das Leben retten.« Tim goss den Saft in eines der Löcher, die die Speere in den Lüftungskanal gebohrt hatten. »Die da unten wollen Blut sehen, also geben wir ihnen Blut.«

Die rote Flüssigkeit sickerte durch das Loch nach unten, wo schon kurz darauf lautes Siegesgebrüll zu hören war.

»Und jetzt schnell weg hier.« Tim kroch schnell weiter auf den Lichtschein zu. Dabei bemühte er sich, die Knie möglichst vorsichtig aufzusetzen, um sich nicht zu verraten. Bob tat es ihm nach, und so erreichten sie kurz darauf unbemerkt und unverletzt einen Knick des Lüftungskanals. Fünf Meter von ihnen entfernt befand sich ein Metallnetz, das den kreisrunden Ausgang ins Freie versperrte.

»Ende Gelände, aus die Maus!«, sagte Tim und zeigte auf die vier großen Schrauben, mit denen das Gitter in der Wand befestigt war. Direkt davor hockte die Ratte, die sie vor sich hergetrieben hatte und die am ganzen Körper vor Angst zitterte.

KAPITEL FÜNF SPRUNG AUFS DACH

»Von wegen«, sagte Bob. »Wenn du die Ratte da wegscheuchst, bringe ich uns ganz leicht hier raus. Kleinigkeit.«

»Hast du etwa Schiss vor der?«, fragte Tim amüsiert. »Die hat mehr Angst vor uns als wir vor ihr.«

»Ich mag einfach keine Ratten. Das ist doch wohl okay, oder?«

Tim zuckte nur die Achseln und streckte seine Hand aus, um die Ratte von dem Gitter wegzulocken. Zögernd trippelte das Tier auf ihn zu und schnupperte an seinen Fingern.

»Die sind doch süß«, sagte Tim, während er mit der anderen Hand sanft und beruhigend über das Fell des Tieres strich.

»Ja, süß wie ein überquellender Mülleimer«, murmelte Bob und schob sich in dem engen Kanal an Tim vorbei – immer bemüht, so viel Abstand zu der Ratte wie nur möglich zu halten.

Als er das Metallnetz erreicht hatte, zog er den Dolch aus der Tasche.

»Das Ding ist total stumpf, damit kriegst du den Draht nie durch«, bemerkte Tim.

»Schon möglich, aber dafür eignet es sich hervorragend als Schraubenzieher«, entgegnete Bob und setzte die Schneide des Dolchs an der ersten der vier Schlitzschrauben an. Er rutschte ein paarmal ab, bevor er richtig Halt fand und damit beginnen konnte, die Schraube zu entfernen.

»Beeil dich mal ein bisschen«, drängte Tim. »Irgendwann werden die ihre Siegesfeier beenden, um unsere Leichen zu bergen.«

»Meinst du, Hoka Hay feiert mit?«, fragte Bob und machte sich an die zweite Schraube.

»Was weiß ich ...« Tim hob die Schultern. »Zuzutrauen wäre es ihr.«

»Glaub ich nicht. Ich denke, Snyder hat sie da eingeschleust, um den Prinzen auszuspionieren«, sagte Bob.

»Fürs Denken bin ich zuständig, dein Job ist es, zu schrauben. Und das gern auch ein bisschen flotter, wenn ich bitten darf. Wir kriegen nämlich gleich Besuch.« Tim hatte hinter sich Geräusche gehört. Es klang wie das Ausfahren einer Leiter. Kurz darauf ertönten bereits Stimmen in dem Kanal hinter ihm.

»Fertig.« Bob hatte die letzte Schraube entfernt, schob das Drahtnetz zur Seite und beugte sich nach draußen. »Und jetzt habe ich eine gute, eine schlechte und eine gute Nachricht für dich. Welche willst du zuerst hören?«

»Sag schon, wir haben keine Zeit für Spielchen«, entgegnete Tim.

»Gut ist: Unter mir befindet sich eine Straße. Schlecht ist: Es sieht ziemlich hoch von hier aus. Gut ist: Vor dem Fenster parkt ein Lieferwagen, da können wir draufspringen, ohne uns die Knochen zu brechen«, sagte Bob und schob dann ein leises »Wenn wir Glück haben« hinterher.

»Warum springst du dann nicht?«

»Ich dachte, du wolltest dich vielleicht von deinem kleinen, stinkenden Freund verabschieden.« Bob zeigte auf die Ratte, die wohlig fiepte, weil Tim ihr den Nacken kraulte. »Ich warte unten auf dich.«

POCK
So schnell trifft man sich wieder. Schön, dich zu sehen!
Die Freude ist ganz meinerseits.
Komm, lass uns hier abhauen.
Guck mal, was hier steht!
ROHRE WERDEN
FREI
KOMMT DIE FIRMA
SWAP
VORBEI!
Braucht ihr eine Extra-Einladung?! Ich warte hier schon ewig auf euch.
OTTO!!

Während die Jungs neben Otto auf die durchgesessene, dreisitzige Fahrerbank des altersschwachen Lieferwagens kletterten, tauchte bereits einer der Dolchträger in der Lüftungsöffnung auf. Weil er die Jungs um mindestens zwei Köpfe überragte, war er in dem engen Schacht nicht so schnell vorangekommen wie Bob und Tim. Der Mann schrie ihnen etwas hinterher, was die Jungs nicht verstanden. Es interessierte sie auch nicht. Bob knallte die Tür hinter sich zu, Otto gab Vollgas, und im nächsten Moment waren sie auch schon weg.

»Woher wussten Sie eigentlich, dass wir in dem Palast waren?«, wollte Tim wissen, nachdem sie genügend Sicherheitsabstand zwischen sich und ihre Verfolger gelegt hatten.

»Ich? Ich wusste das gar nicht«, erwiderte Otto ehrlich. »Snyder wusste das. Er hat von irgendwo her einen Tipp bekommen, dass ihr dort seid.«

»Das war Hoka Hay!« Bob stupste Tim in die Seite. »Sie würde es niemals zulassen, dass mir was passiert. Deswegen hat sie Snyder Bescheid gegeben, damit er Otto schickt, um uns zu retten.«

Tim lachte, und es dauerte eine Weile, bis er sich wieder beruhigt hatte.

»Du glaubst im Ernst, sie macht sich Sorgen um dich?«

»Um wen denn sonst?«, antwortete Bob ernst.

»Na, um mich natürlich!« Tim schüttelte den Kopf, als könnte er es einfach nicht fassen, dass Bob das immer noch nicht kapiert hatte. Seit die Jungs dem Ninja-Mädchen das erste Mal begegnet waren, stritten sie sich darüber, wer die größeren Chancen bei Hoka hatte.

»Ich misch mich da nur ungern ein, aber ich kenne das Mädchen ja nun schon etwas länger«, meldete sich Otto zu Wort. »Und wenn ihr mich fragt, lasst ihr lieber die Finger von ihr, sonst verbrennt ihr sie euch nur. Andere Mütter haben auch schöne Töchter, wie mein Vater immer sagte.«

Bob und Tim mussten beide über Ottos Spruch grinsen, und damit war der Streit zwischen den Jungs erst einmal vertagt. Bob kurbelte die Seitenscheibe herunter und beugte sich hinaus, um zu sehen, ob sie verfolgt wurden. Er konnte aber nichts Verdächtiges entdecken.

»Danke jedenfalls noch mal für die Rettung. Der Lieferwagen stand echt goldrichtig«, sagte Bob, als er die Scheibe wieder hochgekurbelt hatte.

»Ja, das war wirklich Glück! Sonst hätten wir uns bei dem Sprung ganz sicher alle Knochen gebrochen«, stimmte Tim ihm zu.

»Glück? Mit Glück hatte das überhaupt nichts zu tun«, entgegnete Otto. »Snyder hat mir gesagt, ich soll den Wagen genau unter dem Lüftungsausgang parken. Er ist sofort in die Villa deiner Eltern gefahren, als er von eurer Entführung gehört hat. Dort hat er mit der Köchin gesprochen und sich auch in dem Badezimmer umgesehen, in dem du dich eingeschlossen hattest. Da hat er wohl die offene Lüftungsklappe entdeckt. So clever, wie dieser Tim glaubt, ist er auch wieder nicht, hat Snyder zu mir gemeint. Dem Jungen fällt bestimmt nichts Neues ein, also wird er es wieder über den Lüftungskanal versuchen. Stell dich einfach unter den Ausgang, Otto, irgendwann werden die Jungs da schon auftauchen, hat er gesagt. Und? Recht hatte er.«

Jetzt war es Bob, der lachte. Tim dagegen fand es überhaupt nicht komisch, was Snyder über ihn gesagt hatte. Er schwieg beleidigt, während Otto mit dem Daumen hinter sich zeigte.

»Da steht ein Koffer mit eurer Ausrüstung, den soll ich euch schon mal geben.«

»Wozu?« Bob drehte sich um, griff nach dem Koffer und legte ihn sich auf den Schoß. Dann ließ er die Schlösser aufklacken und öffnete ihn. »Geht es um den Sauerstoff?«

»Darf ich leider nicht verraten«, antwortete Otto. »Das will Snyder euch selbst sagen. Er und Angela Steel warten schon auf euch.«

»Wo denn? In der Zentrale?«, mischte sich Tim nach seiner Schmollpause wieder ins Gespräch ein.

»Darf ich leider auch nicht verraten. Das soll eine Überraschung sein. Aber wir sind sowieso gleich da.«

Bob sichtete in der Zwischenzeit den Inhalt des Koffers. Es gab einen Atomisator und ein S.W.A.P.-Book. Das Gerät sah aus wie ein Tablet-PC und funktionierte auch ganz ähnlich. Es erlaubte den Zugriff auf alle Datenbanken dieser Erde und verfügte außerdem über eine Spracherkennungsfunktion, die den großen Fehler besaß, dass sie von Chinesen programmiert worden war.

Otto schnaufte, weil er sauer war, dass das S.W.A.P.-Book sein Geheimnis verraten hatte.

Bob war das egal, er kramte weiter in dem Koffer, in dem sich aber nur noch zwei Sets Mikrokopfhörer befanden: eines für ihn, eines für Tim. Mit den Kopfhörern konnte man jede Sprache der Welt verstehen und auch sprechen, weil ein kleiner Sender die Sprachregion im Gehirn aktivierte und dafür sorgte, dass man immer die richtigen Wörter in der richtigen Sprache fand.

Während der Akku des Atomisators chronisch schwächelte und auch das S.W.A.P.-Book immer wieder Aussetzer hatte, funktionierten die Kopfhörer in der Regel reibungslos. Die Jungs konnten damit auch Kontakt zur S.W.A.P.-Zentrale halten, zumindest dann, wenn Angela Steel die Telefonrechnung bezahlt hatte.

»Ist das alles?« Bob drehte enttäuscht den Koffer auf den Kopf, um zu sehen, ob nicht doch noch etwas darin war, was er übersehen hatte. »Keine Spezialwaffen, keine Gimmicks, keine Raketen feuernden Uhren oder irgendetwas in der Art?«

»Ihr wisst doch selbst, dass der S.W.A.P. ständig pleite ist. Wo soll denn da bitte schön Geld für Raketen feuernde Uhren herkommen?!« Otto hob entschuldigend die Schultern, und Bob reichte Tim einen der beiden Kopfhörer sowie das S.W.A.P.-Book. Dann steckte er sich selbst den zweiten Kopfhörer ein und kontrollierte die Akkuanzeige des Atomisators.

»Der ist ja gar nicht aufgeladen«, stellte Bob fest.

»Die Chefin meinte, das könntet ihr unterwegs irgendwo erledigen. Sie wollte die Stromrechnung der Zentrale nicht unnötig belasten«, erklärte Otto und hob ein zweites Mal die Schultern.

Bob und Tim seufzten gleichzeitig, doch bevor sie den Geiz des S.W.A.P. kommentieren konnten, hatten sie den Markt auch schon erreicht. Otto ließ die Jungs an einer Ecke raus und wünschte ihnen zum Abschied noch »Viel Glück«. Dann war der Lieferwagen mit der Aufschrift *Alle Rohre werden frei, kommt die Firma SWAP vorbei* auch schon wieder hinter der nächsten Ecke verschwunden.

KAPITEL SECHS
OBST UND GEMÜSE MIT FRUCHTBOMBEN

»Wie sollen wir Snyder in dem Gewühl finden?« Bob betrachtete skeptisch die Menschenmassen, die sich in den schmalen Gängen zwischen den Ständen über den Platz schoben.

»Die Frage lautet eher: Wollen wir ihn überhaupt finden?«, erwiderte Tim, ohne Bob anzusehen.

»Du meinst ...«

»Ich meine, wir könnten jetzt auch einfach nach Hause gehen und unsere beiden Doppelgänger zurück nach Finnland schicken«, schlug Tim vor. »Wir könnten sagen, wir hätten Snyder nicht gefunden, wünschen dem S.W.A.P. aber noch viel Glück für den nächsten Einsatz gegen wen auch immer. Das könnten wir sagen.«

»Du meinst, wir sollen kneifen?«

»Ich sagte, wir könnten.«

Die Jungs betrachteten für einen Moment schweigend das Gewimmel zwischen den Ständen. Snyder oder Angela Steel waren nirgends zu entdecken, doch das hatte nicht viel zu bedeuten. Von ihrer Position aus konnten sie nur einen Bruchteil des Marktes überblicken.

»Und wer rettet dann die Welt vor Baron von Funeral?«

Tim gab keine Antwort.

»Einer muss es ja machen«, fuhr Bob fort. »Und besser wir als irgendwelche Anfänger, die es am Ende noch versauen.«

»No risk ...«, sagte Tim.

»... no fun«, vervollständigte Bob, als ihnen aus der Menge der Markteinkäufer plötzlich zwei Arme zuwinkten.

»Bob! Tim! Hier sind wir!«, schrie Angela Steel, die sich mit ihren spitzen Ellenbogen Platz verschaffte, um durch das Gedränge zu den Jungs zu gelangen. In der Gasse, die sich bildete, humpelte Snyder auf zwei Krücken hinter ihr her. Bob und Tim waren froh, dass es ihm anscheinend ein bisschen besser ging. Bei ihrem letzten Treffen hatte er wegen des Unfalls, den die Jungs mit der Raviolidose verursacht hatten, noch einen Rollstuhl gebraucht. Dagegen waren seine beiden Krücken ein echter Fortschritt.

»Zauberhaft, euch wiederzusehen«, begrüßte Angela Steel die Jungs und drückte ihnen zwei feuchte Küsschen rechts und links auf die Wangen. Das hatte sie noch nie getan, und Tim überlegte, was das bedeuten mochte. Entweder erkannte die Chefin sie nach ihren zwei erfolgreichen Einsätzen nun endgültig als vollwertige Agenten des S.W.A.P. an, oder aber der nächste Auftrag versprach ganz besonders gefährlich zu werden. Tim hielt die letzte Variante für die wahrscheinlichere.

»Schön, zu sehen, dass es Ihnen besser geht.« Bob reichte Snyder zur Begrüßung die Hand, ließ sie aber schnell wieder sinken, als er merkte, dass der Top-Agent beide Hände für seine Krücken brauchte.

»Ging mir absolut nie besser«, knurrte Snyder und betrachtete die Jungs misstrauisch.

»Hat er seine Tabletten nicht genommen, oder warum ist er so mies drauf?«, wollte Tim von der Chefin des S.W.A.P. wissen.

Mit einem missfälligen Knurren gab Snyder zu verstehen, was er von der Idee hielt, und da waren die Jungs ausnahmsweise einmal absolut seiner Meinung.

»Und? Wie viel hat der Prinz euch geboten?«, flötete Angela Steel unbeeindruckt weiter, während sie an einem Obststand prüfend eine Banane in die Hand nahm und sie dann lächelnd auf die Jungs richtete, als wäre sie eine Pistole.

»Das Doppelte, so wie üblich. Sie bieten immer das Doppelte«, antwortete Bob wahrheitsgemäß.

»Leider ist das Doppelte von nichts immer noch nichts«, bemerkte Tim.

»Als wenn sich immer alles nur ums Geld drehen würde«, bemerkte Angela Steel, die Tims Anspielung auf die schlechte Zahlungsmoral des ständig klammen S.W.A.P. verstanden hatte. Tatsächlich hatten die Jungs für ihre Arbeit noch nicht einen Cent gesehen. Im Gegenteil: Die Chefin hatte ihnen am Ende ihres ersten Einsatzes eine lange Rechnung präsentiert, auf der haarklein alles verzeichnet war, was bei ihrer Mission kaputtgegangen war – und das war ziemlich viel gewesen.

»Es geht auch gar nicht um Geld«, entgegnete Tim. »Es geht um Gold, mit dem er uns überschütten will.«

»Und das habt ihr natürlich angenommen«, brummte Snyder.

»Haben wir nicht!« Bob verschränkte die Hände ineinander und ließ seine Fingerknochen knacken. »Sonst wären wir jetzt ja wohl kaum hier, um ...«

»... um für den Prinzen die Pläne des S.W.A.P. auszukundschaften«, unterbrach ihn Snyder. »Davon bin ich absolut überzeugt.«

»Sie waren doch bei mir zu Hause! Sie haben doch gesehen, dass ich entführt wurde!« Die Verdächtigungen Snyders machten Tim immer wütender. »Oder glauben Sie wirklich, Bob und ich sind zum Palast marschiert und haben uns da um eine Stelle beworben? Die hätten uns in dem Lüftungsschacht beinahe aufgespießt!«

»Das behauptet ihr«, entgegnete Snyder kühl und deutete auf den Dolch, den Bob immer noch in seinem Hosenbund stecken hatte. »Ich sehe nur, dass ihr vom Prinzen eine Waffe geschenkt bekommen habt.«

»Der Dolch? Der ist total stumpf, den kann man nur als Schraubenzieher benutzen.« Bob zog den Dolch aus der Scheide, um es Angela Steel und Snyder zu beweisen.

»Von wegen stumpf.« Snyder nahm ihm die Waffe aus der Hand und drückte auf einen Knopf, der am Ende des Griffs versteckt war. Durch eine versteckte Mechanik kam unter der stumpfen Klinge eine messerscharfe Schneide zum Vorschein. Snyder schnappte sich eine Kokosnuss und zerteilte sie mit dem Dolch mühelos in zwei Hälften. »Alter Beduinentrick, um seine Gegner glauben zu lassen, man behänge sich nur mit Schmuckwaffen. Sehr beliebt bei Flugzeugentführern. Sollt ihr für den Prinzen ein Flugzeug entführen? Ist es das, was er von euch will?«

»Mag jemand von euch eine von diesen zauberhaften Orangen?« Angela Steel deutete auf eine Pyramide mit Apfelsinen, die der Händler vor ihnen aufgestapelt hatte.

»Nein!«, brüllten die Jungs und Snyder gleichzeitig.

»So kommen wir doch nicht weiter, Thomas«, bemühte sich Angela Steel erneut zu vermitteln. »Wir brauchen diese zwei zauberhaften Jungs schließlich. Wer soll es denn sonst machen?«

»Na, ich zum Beispiel«, erwiderte Snyder immer noch sauer. »Ich bin absolut in der Lage dazu.«

»Bist du nicht«, entgegnete die Chefin des S.W.A.P. »Nicht, solange du die Krücken da brauchst.«

Snyder schwieg beleidigt, als Angela Steel den Jungs endlich ihren Auftrag erklärte. Ihre Schilderung deckte sich weitgehend mit dem, was der Prinz ihnen schon erzählt hatte. Eine bisher noch kaum spürbare, jedoch schnell zunehmende Abnahme des Sauerstoffanteils in der Luft, die – falls niemand den Verursacher stoppte – das Ende allen Lebens auf der Erde bedeuten würde.

»Oh nein! Wir werden alle sterben! Wir werden alle sterben«, brüllte plötzlich eine alte Dame, die neben ihnen eine Tüte Birnen gekauft hatte und Angela Steel mit zunehmender Sorge belauscht hatte.

»Keine Sorge! Meine Mutter ...«, sagte Tim und deutete dabei auf die Chefin des S.W.A.P., »... erzählt uns nur gerade von einem Science-Fiction-Film, den sie gestern im Fernsehen gesehen hat.«

Als die alte Dame halbwegs beruhigt mit ihren Birnen zum nächsten Marktstand weitergezogen war, flüsterte Angela Steel den Jungs zu, dass alle Spuren wieder einmal zu Baron von Funeral führten.

»Langweilig, langweilig, langweilig«, wiederholte Bob. »Dasselbe hat uns der Scheich auch schon berichtet.«

»Habe ich es nicht gesagt?!«, triumphierte Snyder. »Die beiden arbeiten mit diesem Ölprinzen zusammen.«

»Jetzt hören Sie endlich mit dem Blödsinn auf!«, ging Tim dazwischen. »Erzählen Sie uns lieber etwas, das wir noch nicht wissen. Etwas, das uns bei unserer Mission weiterhilft.«

»Zauberhafte Einstellung!«, lobte Angela Steel. »Wir wissen nämlich tatsächlich etwas, das der Prinz nicht weiß. Willst du es ihnen sagen, Thomas?«

»Nie im Leben!«, schmollte Snyder. »Von mir erfahren Sie kein Wort, und ich bin sehr wohl in der Lage, die Sache allein durchzuziehen. Nur durch die absolute Kraft meiner Gedanken ...«, der Top-Agent schnappte sich eine Apfelsine von der Spitze der Fruchtpyramide und starrte sie mit zusammengekniffenen Augen an, »... werde ich diese Orange zum Explodieren bringen.«

»Dann erzähl ich es eben.« Angela Steel bemühte sich nach dem Zwischenfall mit der Birnenkäuferin, leise zu sprechen, während Snyder weiter die Apfelsine anstarrte.

»Wir haben einen Hinweis auf ein Labor in den Alpen erhalten. Ein altes, verlassenes Sanatorium in der Schweiz mit dem Namen Sauberberg. Dort solltet ihr mit euren Nachforschungen beginnen.«

KAPITEL SIEBEN OBSTSALAT

»Der Kerl ist so ein sturer Hund«, zischte Tim Bob zu, der einen kurzen Blick über den Rand ihrer Deckung riskierte. Die Schützen hatten sich hinter einem Stand verschanzt, der in großen Glasbehältern verschiedene Öl- und Essigsorten anbot. Bei ihren Gewehren handelte es sich um lange, altmodische Flinten, die nach jedem Schuss nachgeladen werden mussten. Furchtbar unpraktisch, fand Bob, der allerdings zugeben musste, dass sie prima zu den Krummdolchen und der Beduinenkleidung passten. Als die Schützen Bobs neugieriges Gesicht hervorspinksen sahen, eröffneten sie sofort wieder das Feuer.

»Und? Sind Sie jetzt zufrieden, Snyder? Sie schießen auch auf uns!«, schrie Bob, der schnell wieder hinter einem Holzfass in Deckung gegangen war, während der Top-Agent mit Angela Steel den Standort wechselte und jetzt hinter einem Verkaufswagen für Unterwäsche Schutz suchte. Sehen konnten die Jungs Snyder nicht, dafür aber umso besser hören.

»Ach was, die haben doch absichtlich nicht getroffen, so weit, wie die vorbeigeschossen haben«, höhnte der Top-Agent laut.

Die Jungs verdrehten die Augen, und Tim rieb sich sein Ohrläppchen, weil er angestrengt darüber nachdachte, wie sie die Angreifer überwältigen und Snyder damit beweisen könnten, dass sie das Angebot des Prinzen nicht angenommen hatten. Vielleicht war ihre Flucht aus dem Palast ein Fehler gewesen, überlegte Tim, während weitere Kugeln über sie hinwegzischten. So mies, wie Snyder sich ihnen gegenüber benahm, gab es überhaupt keinen Grund, ihm oder dem S.W.A.P. die Treue zu halten. Und vielleicht hatte Hoka Hay ja tatsächlich endgültig die Seiten gewechselt, weil sie die Launen ihres Vaters nicht mehr ausgehalten hatte.

Direkt neben Tim lag die alte Frau, die ihn und Angela Steel belauscht hatte, flach auf dem Boden und hielt sich schützend ihre Tüte mit den Birnen über den Kopf. Sie hatte schon lange aufgehört, »Wir werden alle sterben« zu brüllen. Genau wie die anderen Besucher und die Markthändler verfolgte sie verängstigt das Streitgespräch zwischen Snyder und den Jungs.

»Ich glaube euch erst, wenn ihr das Feuer auf die Typen dort drüben eröffnet«, brüllte Snyder zu den Jungs hinüber.

»Und womit, bitte schön?«, schrie Tim zurück.

»Mit einer Kiwi bestimmt nicht!«, rief Snyder. »In eurem Koffer ist ein Atomisator, und der ist nicht nur zum Angucken da. Benutzt ihn endlich, verdammt noch mal.«

»Geht nicht, der Akku ist alle«, brüllte Bob.

Snyders Stöhnen klang bis zu den Jungs hinüber.

»Was habt ihr damit gemacht? Zum Spaß auf leere Flaschen geschossen?«

»Der Akku war schon leer, als wir ihn gekriegt haben«, schrie Tim.

»Stimmt das?«, fragte Snyder die Chefin des S.W.A.P.

»Na ja, ich hielt das für eine ganz zauberhafte Idee. Wenn sie ihn irgendwo unterwegs aufgeladen hätten, wären dem S.W.A.P. ein paar

Euro Stromkosten erspart geblieben«, gab Angelina Steel zu. »Ich konnte ja nicht ahnen, dass sie ihn so schnell brauchen würden.«

Erneut hörten Bob und Tim, wie Snyder laut seufzte. Kurz darauf zerfetzte eine weitere Salve die Auslage mit den Erdbeerschälchen neben Bob und Tim. Der rote Saft der reifen Früchte spritzte bis zu den Jungs hinüber.

»Warum schießen Sie eigentlich nicht zurück, Snyder?«, brüllte Bob.

»Absolut unmöglich! Viel zu viele Menschen«, brüllte der Top-Agent zurück. »Wir wollen ja niemanden verletzen.«

»Die Typen da drüben stört das anscheinend weniger«, rief Tim.

»Das sind ja auch nicht die Guten! Wir sind die Guten«, antwortete Snyder.

»Aber die Menschen liegen doch sowieso alle platt auf dem Boden. Die können sie doch gar nicht treffen!«, schrie Tim. »Wenn Sie diese Wüstenkrieger da drüben nicht stoppen, bluten hier bald nicht nur die Blutorangen. Die sind fähig und richten ein schreckliches Massaker an, nur weil Bob und ich uns beim Prinzen nicht höflich verabschiedet haben. Also tun Sie endlich was!«

Als er sich umdrehte, sah Bob, dass die Chefin und der Top-Agent den Öl- und Essigstand mit den Krücken weiterhin unter Dauerfeuer nahmen. Die großen Glasflaschen zersplitterten unter den Kugeln der Maschinengewehre, die in die Gehhilfen des Top-Agenten eingebaut waren, und ergossen ihren öligen Inhalt auf die Männer des Prinzen.

»Öl für die Ölkrieger, das passt ja hervorragend«, rief Bob.

»Spar du dir lieber die Luft zum Laufen! Wer weiß, wie viel Munition Snyder und die Chefin haben, um die Typen in Schach zu halten«, erwiderte Tim, dem plötzlich ein breiter Stand mit Matratzen den Weg versperrte. Sie waren in eine der Sackgassen des Marktes geraten. Aber das war nicht ihre einzige Sorge.

Wie Tim befürchtet hatte, wurde das Maschinengewehrfeuer schwächer, so als ob Snyder und Angela Steel Patronen sparen wollten. Die Folge war, dass sich die Männer des Scheichs wieder aus ihrer Deckung trauten, um zurückzufeuern. Eine Kugel schlug direkt neben Bob in einer der Matratze ein und blieb dort in der dicken Polsterung stecken. Auf einem Plakat wurden die Matratzen als wahre Wunderteile angepriesen. Drei eingewebte Bleifolien sollten den Schläfer vor angeblich lebensgefährlichen Erdstrahlen schützen. Das war natürlich völliger Blödsinn, und das wusste auch Tim. Das einzig Lebensgefährliche weit und breit waren die Kugeln, die immer noch in beide Richtungen über die Marktstände hinwegflogen.

»Warte!« Tim hielt seinen Freund zurück, der schon wieder auf dem Weg raus aus der Sackgasse war. »Schnapp dir so ein Ding! Die sind besser als eine schusssichere Weste!«

Bob verstand sofort, was Tim meinte. Beide schnappten sich eine der dicken Matratzen, dann machten sie sich auf die Suche nach einem Weg, der sie aus dem Labyrinth der Marktstände herausbringen würde. Ab und zu spürten sie einen dumpfen Schlag, wenn eine der Gewehrkugeln in der Matratze einschlug. Aber keinem der Geschosse gelang es, die dicken, bleiverstärkten Polster zu durchschlagen.

»Schau doch mal im S.W.A.P.-Book nach«, schlug Bob vor, als sie auf dem Markt erneut in eine Sackgasse geraten waren.

Tim stellte die Matratze schützend vor sich auf den Boden ab, zog den Taschencomputer hervor und rief in dem Gerät einen Übersichtsplan des Marktes auf. Doch der half den Jungs auch nicht weiter. Die Wegbeschreibung, die das S.W.A.P.-Book Bob und Tim auf dem Display anzeigte, ähnelten der Zeichnung eines Dreijährigen, der versucht hat, ein Wollknäuel zu malen.

»Und warum ausgerechnet da lang?«, wollte Tim wissen.

»Erst du.«

»Nur so ein Gefühl.«

»Bei mir auch.«

»Hast du einen Euro griffbereit?«, fragte Tim.

»Willst du jetzt Gemüse einkaufen, oder was?«

»Nein, ich will eine Münze werfen. Das ist genauso zuverlässig wie unser Gefühl. Also, was ist?«

»Woher soll ich einen Euro haben? Du bist doch der mit den stinkreichen Eltern.«

Tim seufzte und kramte in seinen Hosentaschen, fand dort aber nur ein paar Geldscheine, keine Münzen.

Jetzt war es Bob, der seufzte und ein Fünfzigcentstück hervorkramte.

»Geht auch ein Fünfziger?«

»Wenn es sein muss«, entgegnete Tim.

Er lehnte die Matratze gegen einen Fischstand und warf die Münze hoch in die Luft. Während das Geldstück immer höher flog, erläuterte Tim die Regeln: »Zahl bedeutet meine Richtung, liegt das Brandenburger Tor oben, laufen wir in deine Richtung.«

Doch als die Münze den höchsten Punkt ihrer Flugbahn erreicht hatte, wurde sie von einer Kugel getroffen.

»Das Brandenburger Tor liegt oben«, sagte Tim, als er die durchlöcherte Münze aufhob. »Zumindest das, was von ihm noch übrig ist.«

»Und wer ersetzt mir jetzt mein Geld?«, fragte Bob sauer.

»Frag die Chefin«, sagte Tim. »Und jetzt komm schon.«

Es dauerte eine halbe Ewigkeit, bis sie mit ihren Matratzen endlich aus dem Dschungel der Marktstände herausgefunden hatten. Das lag auch daran, dass sie ständig über die Menschen hinwegsteigen mussten, die aus Angst vor den Schüssen ängstlich auf dem Boden kauerten. Außerdem war der Boden extrem rutschig, weil auf dem Pflaster die glitschigen Reste von zerschossenem Obst und Gemüse herumlagen.

»Puh, lange hätte ich die Matratze nicht mehr schleppen können«, stöhnte Tim, als sie die Marktstände endlich hinter sich gelassen hatten.

»Kein Wunder, wenn man sein Hanteltraining mit einer Packung Reiswaffeln macht.«

»Selber!«

»Wieso? Ich jammere doch nicht! Ich könnte meine auch locker bis hoch zu diesem stillgelegten Krankenhaus in den Alpen schleppen.«

»Das ist ein Sanatorium, kein Krankenhaus«, korrigierte Tim. »Das ist etwas völlig anderes.«

»Kannst du dein sinnloses Wissen nicht ein Mal für dich behalten?!«

»Nein, kann ich nicht. Und jetzt hilf mir, den Gullydeckel zu suchen.«

»Nichts leichter als das«, erwiderte Bob. »Du stehst nämlich genau drauf.«

Tim trat grummelnd einen Schritt zur Seite, und Bob wuchtete den Gullydeckel mit dem aufgeprägten Erdmännchen zur Seite.

»Die haben ja Nerven, so lange zu brauchen. Wenn wir vom S.W.A.P. immer so spät kämen, wäre die Menschheit längst ausgestorben«, bemerkte Tim, als in der Ferne die ersten Polizeisirenen ertönten.

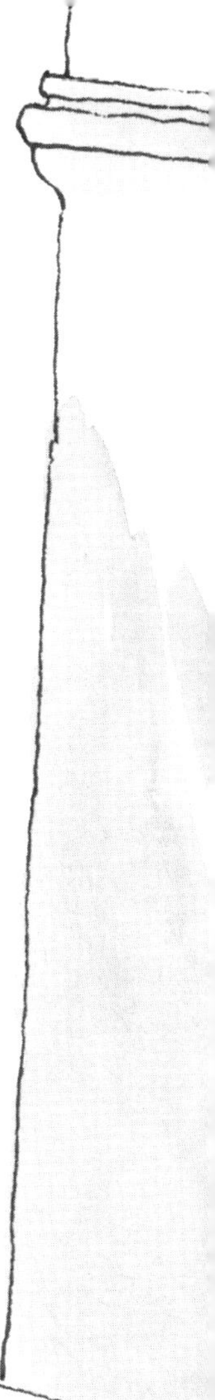

KAPITEL ACHT STREIT IM SHUTTLE

Die Shuttle-Station war in blaues Licht getaucht. Aber das kannten Bob und Tim schon. Die Kapseln der Suburb-Shuttles, die Platz für zwei Passagiere boten und mit ihren gläsernen Kuppeln wie altmodische U-Boote aussahen, waren ebenfalls blau beleuchtet, weil die Farbe beruhigend auf ihre Fahrgäste wirken sollte. Das war nötig, da die engen Kapseln nach einer kurzen Beschleunigungsphase mit Mach2 in die schmalen Röhren katapultiert wurden, durch die man wie in einem weltumspannenden U-Bahn-Netz nahezu jeden Ort dieser Erde erreichen konnte. Der S.W.A.P. hatte sich den Luxus der Suburb-Shuttles gegönnt, um seine Agenten in kürzester Zeit von einem Kontinent zum nächsten zu befördern. Von den gewaltigen Ausgaben, die für den Bau nötig gewesen waren, hatte sich der S.W.A.P. bis heute nicht erholt. An der Reinigung des schmalen Bahnsteigs hatte man auch gespart. Überall lagen Dreck, Zigarettenkippen und Papierfetzen herum, die – so vermutete Tim – durch die Löcher im Gullydeckel hereingeweht worden waren.

Nachdem Bob ihren Atomisator an der Ladestation des Shuttles angeschlossen hatte, versuchten die Jungs, Ottos Rat zu folgen. Sie wollten die kurze Reise nutzen, um sich ein wenig auszuruhen. Auf ihren beiden bisherigen Missionen für den S.W.A.P. hatten sie außer auf ihren Shuttle-Reisen keine Zeit zum Schlafen gefunden, und Bob und Tim vermuteten, dass es auch diesmal nicht viel anders sein würde. Tim schien als Erster wegzudämmern.

Bob hörte den gleichmäßigen Atem seines Freundes hinter sich, während er selbst sich den Kopf darüber zerbrach, welche Rolle Hoka Hay bei der ganzen Sache spielte. War sie wirklich in Snyders Auftrag beim Prinzen gewesen, so wie es der Top-Agent behauptet hatte? Oder verfolgte sie doch wieder nur ihre eigenen Ziele? Bob hoffte, dass Snyder recht hatte, befürchtete aber das Gegenteil.

»Hör auf, dir wegen der Kleinen den Kopf zu zerbrechen«, murmelte Tim schläfrig. Auch bei ihm klappte das mit dem Einschlafen nicht so schnell. Er machte sich Sorgen wegen der wenigen Informationen, die sie bis jetzt erhalten hatten. Eigentlich wussten sie gar nichts, außer dass der Baron von Funeral der Menschheit den Sauerstoff abdrehen wollte und dass irgendwo in den Schweizer Alpen ein verlassenes Sanatorium stand, das vielleicht etwas mit ihrem Auftrag zu tun hatte. Vielleicht aber auch nicht.

»Ich habe gar nicht an Hoka gedacht«, log Bob.

»Doch, hast du«, entgegnete Tim. »Ich kenne dich lang genug, ich weiß genau, was in deinem Kopf vorgeht. Ist ja nicht so viel.«

»Und du? Du hast dir den Kopf zerbrochen, wie wir unsere Mission erfolgreich abschließen, stimmt's?« Bob drehte sich zu Tim um.

»Woher weißt du das?«

»Erstens kenne ich dich genauso lang wie du mich und ...« Er zeigte auf das glühende Ohrläppchen seines Freundes, das Tim beim Nachdenken die ganze Zeit geknetet hatte. »Und? Hast du schon einen Plan?«

»Natürlich habe ich den«, erwiderte Tim. »Ich habe immer einen Plan.«

»Jetzt sag bitte nicht wieder: rausgehen und ein bisschen umgucken!«

»Was dagegen? Hat doch bisher immer bestens funktioniert.«

»Von jemandem, den man *Big Brain* nennt, erwarte ich ehrlich gesagt schon ein bisschen mehr.«

»Und von jemandem, den man *Die Faust* nennt, erwarte ich, dass er sich nicht wie ein verliebter Grundschüler benimmt. Hoka Hay arbeitet für den Prinzen, das ist doch wohl klar.«

»Gar nichts ist klar! Du bist ja nur sauer, dass sie mehr auf mich abfährt. Du hättest ihre Augen sehen sollen, als wir uns im Palast begegnet sind. Die waren voller Liebe und Zuneigung.«

»Ja, und kurz darauf hat sie versucht, dich voller Liebe und Zuneigung mit einer Lanze aufzuspießen.«

»Das war nicht sie. Das war der Scheich oder einer seiner Männer.«

»Woher willst du das wissen?«

»Ich weiß es eben.«

»Weißt du nicht.«

»Weiß ich wohl!«

Bevor Tim etwas erwidern konnte, wurden die Jungs plötzlich mit einem Ruck in die Rückenlehnen ihrer Sitze gepresst. Das Shuttle war in die Bremsphase eingetreten, und das bedeutete, dass sie ihr Ziel schon fast erreicht hatten.

»Guck mal die Kreuze! Wir sind direkt im Keller dieses Krankenhauses gelandet«, sagte Bob, als er die gläserne Kuppel über den Köpfen der Jungs öffnete.

»Erstens ist das – wie ich bereits erwähnte – ein Sanatorium und kein Krankenhaus, wo wir hinsollen. Zweitens sind das an der Wand weiße Kreuze auf rotem Grund und nicht umgekehrt. Es heißt ja nicht umsonst Rotes Kreuz«, erwiderte Tim. »Drittens findest du weiße Kreuze auf rotem Grund nur auf der Schweizer Flagge. Und jetzt die Eine-Million-Euro-Frage: Wo sind wir gelandet? A) Luxemburg; B) Andorra; C) Madagaskar oder D) sind wir vielleicht in der Schweiz?«

»D, du Klugscheißer«, brummte Bob und zog den Atomisator aus der Ladestation. Skeptisch betrachtete er die Akkuanzeige, die in der kurzen Zeit von Rot gerade mal auf Dunkelgelb gesprungen war.

»Richtige Antwort! ›Grüezi‹ heißt in der Schweiz übrigens so viel wie ›Guten Tag‹, und so sauber wie die Station da draußen ist es auch nur in der Schweiz. Die Schweizer sind berühmt für ihre Reinlichkeit. Ich fürchte, ich werde dir die Million leider nicht auszahlen können. Das war einfach zu leicht.«

»Klugscheißer«, wiederholte Bob und stieg aus dem Shuttle auf den Bahnsteig hinaus.

»Das sagtest du schon«, bemerkte Tim, während er seinem Freund folgte.

»Das kann man gar nicht oft genug sagen.« Bob verdrehte die Augen, steckte den Atomisator ein und stopfte sich die Mikrokopfhörer in die Ohren.

»Wenn ›Grüezi‹ bei denen ›Guten Tag‹ heißt, werden wir die Übersetzungsfunktion brauchen«, erklärte er, als er Tims fragenden Blick bemerkte.

»Endlich mal eine gute Idee von dir«, lobte Tim und zog seine Kopfhörer ebenfalls aus der Tasche.

Kaum hatte er sie eingestöpselt, hörte er auch schon Snyders Stimme.

»Bob, Tim! hört ihr mich? Meldet euch gefälligst!«

»Das war eine absolute Schnapsidee von dir, die beiden einzustellen«, hörten sie Snyder weiterschimpfen. »Nichts als Ärger hat man mit denen, und wenn man sie mal braucht, sind sie nicht da. Oder, noch schlimmer, zum Feind übergelaufen. Sag doch auch mal was dazu, Angela!«

Die Antwort der Chefin konnten die Jungs nicht verstehen, doch als sich Snyder erneut meldete, klang seine Stimme deutlich milder als zuvor. Wahrscheinlich hatte die Chefin ihm erklärt, dass er mit seinem Gebrüll gar nichts erreichen würde. Zumindest war das Tims Vermutung.

»Wir sind ...« Snyder stockte.

»Wir sind im Gefängnis!«, mischte sich Angela Steel in das Gespräch ein. »Und das ist alles andere als zauberhaft.«

»Im Gefängnis?«, riefen Bob und Tim gleichzeitig überrascht.

»Ja, im Gefängnis! Und ihr müsst uns ... ihr müsst uns ... helfen«, erklärte Snyder. »Ruft sofort ...«

»Ich dachte, Bob und ich sind gefährliche Doppelagenten, denen man nicht trauen kann«, unterbrach ihn Tim.

»Wer wird denn so nachtragend sein?«, entgegnete Snyder. »Eine gehörige Portion Misstrauen gehört zu unserem Job absolut dazu. Das müsst ihr nicht persönlich nehmen.«

»Wieso sind Sie überhaupt im Gefängnis?«, erkundigte sich Bob.

»Als die Polizei endlich auf diesem zauberhaften Markt ankam, haben sie uns verhaftet, statt die Bösen festzunehmen«, erklärte Angela Steel.

»Warum haben Sie sich denn nicht gewehrt?«, wollte Tim wissen.

»Hätte ich die Polizisten mit unserem Krücken-MG umnieten sollen?«, antwortete Snyder. »Wir sind die Guten, schon vergessen?! Und die Bösen waren da längst über alle Berge.«

»Und nun verlangt man von uns auch noch, dass wir den ganzen Schaden, der auf dem Markt entstanden ist, bezahlen«, klagte Angela Steel. »Nur wovon?«

»Und was sollen wir da tun? Spenden sammeln?«, fragte Bob.

»Ihr müsst Otto Bescheid geben. Den konnten wir nicht erreichen. Wo steckt der überhaupt?«, brüllte Snyder, dessen milde Phase damit bereits wieder zu Ende war.

»Seine Koi-Karpfen füttern«, antwortete Tim.

Die Jungs hörten Snyder über ihre Kopfhörer laut aufstöhnen.

»Wenn ihr Kontakt zu ihm habt, sagt ihm, er soll uns sofort hier rausholen! Meine S.W.A.P.-Plakette mit dem Erdmännchen liegt in meiner Schreibtischschublade oben rechts. Damit können wir beweisen, dass wir zu den Guten gehören. Schublade oben rechts. Könnt ihr euch das merken?«

Das Erdmännchen war das Symboltier des S.W.A.P., weil es »auch immer die Augen aufhält, genau wie wir«, das hatte ihnen die Chefin bei ihrer Anwerbung erklärt. Deswegen zierte das Tier nicht nur die Gullydeckel, unter denen sich Shuttle-Zugänge verbargen, sondern auch die Plaketten, mit denen sich die Agenten des S.W.A.P. als

Mitglieder des Geheimdienstes der UNO ausweisen konnten. Bob und Tim besaßen auch so eine, genützt hatte sie ihnen allerdings noch nie etwas.

»Was gibt es denn da zu kichern?«, schrie Snyder.

»Gar nichts«, erwiderte Bob lachend, und Tim sagte prustend: »Keine Sorge, wir kümmern uns drum. Versprochen!«

Die Vorstellung, dass Snyder im Knast hockte und nur durch ihre Hilfe dort wieder herauskommen würde, fanden die Jungs einfach zu komisch.

»★☢✻☠≋#†«, fluchte Snyder, der seine Lage im Gegensatz zu Bob und Tim überhaupt nicht lustig fand.

Kurz darauf war die Verbindung unterbrochen, und die Jungs ließen die Kopfhörer in der Tasche verschwinden, um weitere Störungen durch Snyder zu vermeiden. Tim ging zu der Leiter, die in dem weiß gekachelten Schacht steil nach oben führte. Alle Kacheln und auch die Leitersprossen strahlten und blitzten, als wären sie gerade frisch poliert worden.

KAPITEL NEUN DER BERG RUFT

Als Tim die Ausstiegsluke öffnete, glotzte ihn eine Kuh aus großen neugierigen Augen an.

»Was ist los? Warum gehst du nicht raus?«, rief Bob, der im Schacht darauf wartete, dass es endlich weiterging.

»Da steht eine Kuh«, antwortete Tim.

»Und?«

»Die glotzt mich an. Hier sind überall Kühe.«

»Sei froh, dass sie dir nicht den Hintern zuwendet. Das könnte böse enden«, sagte Bob und lachte. »Obwohl, so ein Fladen auf deinem Kopf würde das ganze Elend verdecken.«

»Gummiwand!«, brummte Tim, als er vorsichtig aus dem Schacht kroch, ohne die Kuh dabei aus den Augen zu lassen. Vielleicht war es ja auch gar keine Kuh, sondern ein Bulle, überlegte er. Dann war es umso ratsamer, vorsichtig zu sein. Er setzte einen Fuß hinter den anderen und entfernte sich so rückwärts von dem Tier, das ihm nachblickte, aber keinerlei Anstalten machte, sich auf ihn zu stürzen. Nach fünf Schritten trat er mit seinem rechten Schuh in einen dampfenden grünbraunen Fladen.

»★☢✲☠⚞#🗡 «, fluchte Tim.

»Alles klar bei dir, oder spielst du schon Torero?« Bob streckte den Kopf aus dem Schacht. Er schaute erst die Kuh, dann seinen Freund an, der immer noch fluchend versuchte, sein Schuhe an den Grashalmen zu reinigen.

»Ich dachte, die Schweiz sei so sauber«, sagte Bob und stieg lachend aus dem Schacht.

»Von wegen! Das ganze Gelände hier ist total vermint«, erwiderte Tim wütend.

»Mach dir nichts draus. Das bringt Glück, und das können wir brauchen.« Bob tätschelte liebevoll den Hals der Kuh. »Hätte gar nicht gedacht, dass es auf so einer Wiese irgendwo in den Alpen einen Shuttle-Ausstieg gibt. Schon seltsam.«

»Das ist überhaupt nicht seltsam. Snyder hat doch gesagt, dass man mit den Suburb-Shuttles fast überall hinkommt. Und außerdem ist das keine Wiese, sondern eine Alm.« Tim zeigte auf die hohen Berge, die sie umgaben und deren höchste Gipfel noch immer von Schnee bedeckt waren.

»Und wo ist da bitte schön der Unterschied zwischen einer Wiese und einer Alm?«

»Eine Alm liegt in den Bergen und eine Wiese bei dir im Vorgarten.«

»Wir haben vor unserem Hochhaus keinen Vorgarten, wir haben ja nicht mal einen Hintergarten.«

Tim ignorierte Bobs Antwort und marschierte auf einen alten Mann zu, der vor einem flachen Holzhaus saß und eine Pfeife rauchte.

»Wahrscheinlich war das Schwyzerdütsch. So reden die hier«, sagte Tim und zog genau wie Bob die Mikrokopfhörer erneut aus seiner Tasche. Dann wiederholte er seine Frage.

»Zum Sauberberg wollt ihr? Das alte Sanatorium liegt ganz oben auf dem Hügel da vorn.« Der Mann deutete auf einen Weg, der sich in Serpentinen einen steilen Berg hinaufwand. »Steht aber schon lange leer. Schade drum, dass alles so verfallen ist. Was wollt ihr denn da?«

»Nur ein bisschen umgucken«, entgegnete Bob, und Tim ergänzte: »Unser Vater macht in Hotels, und wir klappern in den Ferien ein paar Standorte für ihn ab, in die er vielleicht investieren will.«

»Vor ein paar Monaten war schon einer hier. Hat sich aber nie wieder blicken lassen. Wenn dein Vater Milch für die Hotelküche braucht, davon habe ich mehr als genug. Mögt ihr einen Schluck?« Der Alte winkte eine seiner Kühe heran, die behäbig auf ihn zugetrottet kam. Dann nahm er ein Glas, kniete sich unter das Euter und begann, die Kuh zu melken. Als er fertig war, hielt er Tim das volle Glas zum Probieren hin.

»Sehr freundlich von Ihnen, doch ich habe leider eine Milchallergie. Aber mein Freund hier liebt Milch über alles«, erwiderte Tim.

»Ich?«, entgegnete Bob überrascht.

»Milch ist sein absolutes Lieblingsgetränk.« Tim sah Bob dabei eindringlich an. Dann wandte er sich wieder dem Alten zu. »Was war das für ein Mann, der sich da oben umgeschaut hat?«

»Man hat nicht viel von ihm gesehen«, antwortete der Alte und reichte Bob das Glas. »Der hat sich die ganze Zeit unter so einem Vorhang versteckt. Ich dachte, das ist bestimmt ein Promi, der seine Millionen hier anlegen und dabei nicht erkannt werden will.«

»Warum trinkst du denn nicht? Schmeckt bestimmt super.« Tim nickte seinem Freund zu, der das volle Glas noch in der Hand hielt. Auch der Alte blickte Bob erwartungsvoll an. Der schloss die Augen, trank die warme Milch in einem Zug aus und schüttelte sich dann, als hätte er in eine Zitrone gebissen.

»Gibt nichts Besseres als frische Milch direkt aus dem Hahn. Stimmt's?« Der Alte schlug Bob auf die Schulter.

»Was würde ich dafür geben, auch einen Schluck trinken zu dürfen«, sagte Tim und grinste Bob an. »Doch leider, leider darf ich ja nicht, wegen dieser dummen, dummen Allergie.«

»Du weißt ja gar nicht, was dir entgeht«, erwiderte Bob mit säuerlicher Miene und wischte sich seinen Milchbart von den Lippen.

»Der andere, also der unter dem Vorhang, wollte meine Milch auch nicht. Hatte ebenfalls so eine Milch-Dingsbums«, erklärte der Alte. »War dann ja auch schnell wieder weg. Hier lässt sich ja sowieso nie jemand blicken, außer ab und zu mal ein paar Paraglider.«

Bob und Tim schauten sich kurz an und nickten sich fast unmerklich zu. Sie waren sich beide sicher, dass der Mann hinter dem Vorhang niemand anderes gewesen sein konnte als Baron von Funeral. Er hatte das Sanatorium besucht, und das bedeutete, dass sie auf der richtigen Spur waren.

»Danke für die Milch«, sagte Bob und reichte dem Alten das Glas zurück.

»Noch einen Schluck?«, fragte der Mann großzügig.

»Nichts, was ich lieber täte«, erwiderte Bob. »Wir müssen nur leider, leider dringend weiter.«

»Auf die paar Minuten kommt es auch nicht an.« Tim grinste.

Der Alte beugte sich bereits zum Euter hinunter, als Bob noch einmal versicherte: »Das ist furchtbar nett von Ihnen! Aber wir müssen jetzt wirklich los.«

Die Jungs verabschiedeten sich und liefen an den Kühen vorbei quer über die Alm zu dem Weg, der sie zu dem Sanatorium führen sollte. Tim bemühte sich dabei, gleichzeitig das Gras vor sich und die Kühe um sich herum im Blick zu behalten.

»Das war vielleicht übel«, sagte Bob, als sie außer Hörweite des Alten waren.

»Stimmt! Da klebt immer noch Kuhscheiße an meinen Schuhen«, erwiderte Tim.

»Ich meinte die Milch! Die war noch warm und kam direkt aus der Kuh! Voll eklig.«

»Wo soll sie denn sonst herkommen?«

»Na, aus einer Flasche oder aus einer Kunststoffverpackung natürlich. Du hast dich ja fein gedrückt!«

»Es reichte schließlich, dass einer von uns das Zeug getrunken hat. Das war eine Art vertrauensbildende Maßnahme. Der Alte hätte uns nie so viel erzählt, wenn wir seine Einladung ausgeschlagen hätten«, erklärte Tim. »Jetzt müssen wir nur noch rausfinden, was Baron von Funeral dort oben getrieben hat.«

Weiter kam er nicht, weil Bob sich plötzlich den Finger vor den Mund hielt. Mit der freien Hand deutete er auf ein Murmeltier, das am Rand des Weges saß und sie neugierig anstarrte.

»Guck mal, ist das nicht süß?!«, flüsterte er.

»Wusstest du, dass die Bergbauern aus Murmeltieren früher einen richtig leckeren Schinken gemacht haben?«, antwortete Tim leise.

»Halt die Klappe, sonst verscheuchst du es noch mit deinen Schauermärchen.« Bob war in die Hocke gegangen und lockte das Murmeltier, indem er ihm die Hand hinhielt und beruhigend auf das Tier einredete. »Komm, trau dich, ich tue dir nichts. Komm schon. Miez, miez, miez.«

»Miez, miez, miez?! Das ist doch keine Katze!«

»Was weiß denn ich, wie Murmeltiere machen. Ich habe noch nie eines getroffen. Schau mal, da kommen noch mehr.«

Von überall her tauchten plötzlich Murmeltiere auf. Zuerst nur zehn, dann zwanzig, schon bald aber waren es mehrere Dutzend, die Bob und Tim den Weg versperrten.

»Einzeln sind sie ja ganz süß, in der Masse finde ich sie allerdings etwas bedrohlich.« Tim schaute über die Schulter. Auch hinter ihnen hatten sich schon weitere Murmeltiere versammelt.

»Vielleicht hätte ich die besser doch nicht anlocken sollen.« Bob erhob sich langsam wieder. »Ich glaube, wir sind eingekreist.«

»Kann man so sagen«, erwiderte Tim, der sich bemühte, durch eine grobe Schätzung die ungefähre Zahl der Murmeltiere zu bestimmen. Er landete irgendwo bei hundertfünfzig, und noch immer krochen Tiere aus ihren Höhlen, um sich der Belagerung anzuschließen. Die Jungs standen jetzt Rücken an Rücken und beobachteten besorgt, wie die Murmeltiere langsam näher rückten. Es war eine braune, pelzige Masse, die sich auf sie zubewegte und aus der die spitzen weißen Zähne der Tiere bedrohlich hervorblitzten.

»Erinnerst du dich an die Delfine in der Unterwasserstation? Die, die die Amis darauf gedrillt hatten, Tauchern die Sauerstoffversorgung durchzubeißen?«, wollte Bob wissen.

»Klar erinnere ich mich«, erwiderte Tim. »So etwas vergisst man doch nicht. Die fandest du übrigens auch ganz süß.«

»Man wird sich ja wohl noch mal irren dürfen«, entgegnete Bob. »Glaubst du, die hier sind genauso dressiert?«

»Nein, ich glaube, die haben einfach nur Hunger.«

»Snyder, melden Sie sich. Wir haben ein Problem.« Bob versuchte, über die Mikrokopfhörer die Zentrale zu erreichen, während Tim im S.W.A.P.-Book nach einem Hinweis suchte, wie man sich bei einem Murmeltierangriff am besten verhalten sollte. Aber Bob bekam keine Verbindung, und alles, was Tim fand, war der Hinweis, dass man in einer solchen Situation den Atomisator am besten auf Dauerfeuer stellen sollte.

»Danke für den Tipp«, brummte Tim. »Klappt aber nur, wenn der vollständig aufgeladen ist.«

Der Kreis hatte sich in der Zwischenzeit noch enger um sie geschlossen. Einige der mutigeren Tiere schnüffelten bereits an den Fußspitzen der beiden Jungs.

»Diesen Murmeltierschinken – isst man den eigentlich heute auch noch?«, fragte Bob.

»Nein, der ist ein bisschen aus der Mode gekommen«, erwiderte Tim. »Wieso fragst du?«

»Wenn die uns fressen, möchte ich später nicht über den Umweg eines Murmeltiermagens in irgendeiner Schweizer Metzgerei landen«, sagte Bob und versuchte mit seinem Schuh, eines der Murmeltiere zurückzustoßen. Das Tier sah ihn einen Moment verdutzt an, dann schnappte es zu. In letzter Sekunde konnte Bob seinen Fuß wegziehen, sonst hätte ihm das Tier glatt die Zehen abgebissen.

KAPITEL ZEHN
EIN LANGER, STEILER WEG

»Wir könnten versuchen, ihre Reihen zu durchbrechen«, schlug Tim vor.

»Hast du die kleinen, spitzen Beißerchen nicht gesehen?!« Bob zeigte auf seinen Schuh. Das Murmeltier hatte zwar nicht seine Zehen erwischt, aber dafür an der Spitze ein großes Stück Leder herausgebissen. »Die Viecher sind schlimmer als ein Schwarm Piranhas. Hast du keine bessere Idee?«

»Nein«, erwiderte Tim ehrlich. »Und du?«

»Ich auch nicht.«

»Der Dolch des Prinzen!«, fiel Tim ein.

Bob zog ihn aus der Tasche und betätigte den Mechanismus, den Snyder ihnen gezeigt hatte. Als die scharfe Klinge zum Vorschein kam, setzten sich die Tiere in der vordersten Reihe auf die Hinterbeine und blickten die Jungs drohend an.

»Wie viele, meinst du, können wir damit erledigen, bevor sie uns erledigen?«, flüsterte Tim.

»Zehn«, antwortete Bob. »Wenn es gut läuft, vielleicht zwanzig. Wenn es sehr gut läuft, dreißig.«

»Bleiben immer noch weit über hundert übrig«, sagte Tim und reichte Bob die Hand. »Ich fürchte, jetzt ist es wohl Zeit, Abschied zu nehmen. Es war mir eine Ehre, dich gekannt zu haben.«

»Ganz meinerseits.« Bob nahm die Hand seines Freundes und schüttelte sie feierlich, während die Murmeltiere sie immer noch hungrig anstarrten. Es war, als würden sie nur auf ein Signal warten, um sich endgültig auf die Jungs zu stürzen und sie bis auf die Knochen abzunagen.

Pfiiiiif
Ihr zwei saht wirklich zu komisch aus!
Habt ihr echt Schiss gehabt vor diesen kleinen süßen Nagern?
Da irrst du dich aber gewaltig. Das sah aus der Ferne nur so aus. Wir hatten alles unter Kontrolle.
Hey, immerhin hat sie uns gerettet! Sei mal ein bisschen dankbarer.

»Es ist sehr, sehr leichtsinnig, eigentlich unverantwortlich, auf eine Bergwanderung zu gehen, ohne eine Murmeltierpfeife dabeizuhaben.« Hoka Hay führte die Pfeife an die Lippen, verzichtete jedoch darauf, noch einmal hineinzublasen. »Der Pfiff imitiert den Warnruf der Murmeltiere, wenn ein Adler am Himmel auftaucht. Hören die Tiere ihn, verschwinden sie sofort in ihrem Bau. Die können gar nicht anders, das steckt in ihren Genen drin. Hat Snyder euch keine mitgegeben?«

»Wahrscheinlich hat er gedacht, dass wir solch lächerliche Hilfsmittelchen gar nicht brauchen, weil wir uns auch allein verteidigen können«, entgegnete Tim.

»Das habe ich gesehen«, sagte Hoka Hay und lachte erneut. »Und jetzt sagt brav Danke schön fürs Lebenretten, damit wir endlich weiterkommen. Es ist noch ein gutes Stück bis zum Sanatorium Sauberberg.«

»Danke«, sagte Bob.

»Danke«, murmelte auch Tim, schob aber gleich ein »Wieso ›wir‹?« hinterher.

»Na, weil wir ab jetzt natürlich zusammen gehen.« Hoka Hay lief ein paar Schritte auf dem Weg voran, der sich in Serpentinen weiter den Berg hinaufwand. »Wir wollen schließlich den Baron stoppen. Dazu sind wir doch alle hier, oder?«

»Wir schon. Aber ich habe keine Ahnung, warum du hier bist«, entgegnete Tim. »Was zahlt dir der Scheich?«

»Hey, Brauner! Ganz ruhig!« Hoka Hay drehte sich um und sah Tim in die Augen. »Falls ich für ihn arbeiten würde, nur mal angenommen, wäre das so schlimm?! Wir wollen von Funeral aufhalten, weil sonst die Menschheit langsam, aber sicher erstickt. Was macht es da für einen Unterschied, für wen ich arbeite?«

»Da hat sie eigentlich recht«, mischte sich Bob ein, der das Gespräch beunruhigt verfolgt hatte. Er mochte Tim, und er mochte Hoka Hay – und er wusste, dass Tim Hoka Hay ebenfalls mochte, das aber nicht zugeben wollte. Deswegen konnte er es überhaupt nicht leiden, wenn die beiden sich stritten. »Wir haben alle drei dasselbe Ziel, also lasst uns gemeinsam gehen. Zu dritt sind wir stärker als zu zweit.«

»Dich sollte man *Big Brain* nennen, nicht den da.« Hoka Hay zeigte auf Tim. »Das war das Klügste, was ich bisher von euch Jungs gehört habe, und nun lasst uns endlich los.«

Das Ninja-Mädchen drehte sich wieder um und marschierte davon, ohne sich noch einmal nach Bob oder Tim umzusehen.

Tim brummte etwas Unverständliches. Es war nicht ganz klar, ob er damit sein Einverständnis oder seine Ablehnung zum Ausdruck bringen wollte. Erst als Bob loslief, um Hoka Hay einzuholen, setzte sich auch Tim in Bewegung. Es dauerte ein paar Minuten, bis die Jungs zu dem Ninja-Mädchen aufgeschlossen hatten. Trotz des großen Rucksacks auf ihrem Rücken legte Hoka Hay auf dem steilen Weg ein Tempo vor, dem Bob und Tim kaum folgen konnten.

Während ihres Aufstiegs sprachen die drei wenig miteinander. Hoka Hay machte die Jungs ab und zu auf ein paar seltene Pflanzen aufmerksam, die rechts und links des Weges wuchsen. Bob und Tim nickten dann nur. Ihnen fehlte einfach die Puste, um ihr zu antworten. Das aber wollten sie sich auf keinen Fall anmerken lassen, um vor Hoka Hay nicht als Weicheier dazustehen.

Als sie zwei Stunden später endlich die Kuppe des Berges erreicht hatten, waren Bob und Tim fix und fertig. Die Jungs ließen sich einfach ins Gras fallen, während Hoka Hay nachsichtig lächelnd neben ihnen stand, als hätte sie gerade einen gemütlichen Sonntagnachmittagsspaziergang absolviert. Sie war bei ihrem Aufstieg weder außer Atem noch ins Schwitzen gekommen, wie Tim mit einem heftigen Anflug von Neid feststellte. Bob betrachtete das Mädchen eher mit Bewunderung. Seit ihrer frühesten Kindheit war Hoka Hay für Aufgaben wie diese gedrillt worden, sodass jetzt nicht eine einzige Schweißperle auf ihrer Stirn zu sehen war. Bob selbst dagegen floss der Schweiß vom ganzen Körper, und es würde auch noch eine ganze Weile dauern, bis sich seine Atmung wieder beruhigte. Tim ging es noch schlechter, wie Bob mit einem Seitenblick auf seinen Freund bemerkte.

»Leider wahr«, meinte Tim. »Es ist trotzdem nicht normal, dass sie einfach nicht müde wird. Dabei hat sie noch diesen riesigen Rucksack auf dem Rücken. Ich käme mit dem Ding keine fünf Meter weit.«

»Ich wüsste zu gern, was da drin ist«, bemerkte Bob, während er sich neben Tim den Weg entlangschleppte.

»Vielleicht schon ein Teil des Goldes, mit dem sie sich für ihre Arbeit von diesem Wüstenprinz bezahlen lässt.«

»Ich dachte, der zahlt in Kamelen?«

»Oder Teppichen.«

»Oder Rohöl.«

»Egal was, es sieht schwer aus, und ich bin froh, dass ich es nicht schleppen muss.«

Sie näherten sich dem Sanatorium von der Rückseite. Für Tim wirkte das Gebäude wie ein altes, etwas heruntergekommenes, aber früher sehr vornehmes Hotel und nicht wie eine Klinik. Von außen zu urteilen, schien es ein Luxus-Resort für die oberen Zehntausend gewesen zu sein, die sich hier von echten oder eingebildeten Wehwehchen hatten heilen lassen. Oder die einfach nur die Aussicht genossen hatten, denn die war tatsächlich atemberaubend. Von der grünen Anhöhe, auf der sie standen, bot sich ihnen ein fantastischer Blick auf die höchsten Alpengipfel, die das Licht der untergehenden Sonne rot aufleuchten ließen. Das Haus selbst sah weniger beeindruckend aus. Die Farbe blätterte von der Fassade, die Scheiben waren fast alle zerschlagen, und unter den Fenstern lagen zertrümmerte Betten und Schränke, die jemand anscheinend aus den Zimmern des Sanatoriums hinuntergeworfen hatte.

»Das glaube ich jetzt nicht«, sagte Bob fassungslos. »Echt nicht.«

»Hat seine besten Tage halt schon hinter sich«, erwiderte Tim.

»Genau wir ihr zwei.« Hoka Hay grinste.

»Das meine ich nicht«, entgegnete Bob, der vor lauter Ärger seine Fingerknochen knacken ließ. »Ich meine die Straße da vorn! Wieso laufen wir, wenn wir die ganze Strecke auch bequem hätten fahren können?«

Tim hatte sich so auf das alte Sanatorium konzentriert, dass er den großen Parkplatz und die geteerte Straße, die von der anderen Seite des Berges dort hinführte, noch gar nicht bemerkt hatte.

»Wieso scheuchst du uns zu Fuß hier hoch, wenn wir ein Taxi hätten nehmen können!«, schimpfte jetzt auch Tim.

»Du bist doch *Big Brain*! Und – hast du es gewusst? Nein!«, fauchte Hoka Hay zurück. »Meinst du, ich wäre nicht lieber gefahren, als das ganze Zeug hier raufzuschleppen?«

Das Ninja-Mädchen nahm den Rucksack vom Rücken und schmiss ihn auf den ungemähten Rasen vor sich, der in besseren Zeiten zum Park des Sanatoriums gehört hatte. Vereinzelt lagen sogar noch ein paar alte Bänke und einige umgestürzte Skulpturen herum.

»Aber im Grunde ist das völlig egal. Wir sind hier oben, und das ist die Hauptsache«, fuhr Hoka Hay fort. »Wir gehen jetzt über die Wiese da rüber zum Haus und sehen uns ein bisschen um.«

»Hey, das war mein Plan!«, rief Tim.

»Und außerdem ist das keine Wiese, sondern eine Alm«, korrigierte Bob.

»Natürlich ist das eine Wiese«, widersprach Hoka Hay.

»Erklär es ihr, Tim! Sag ihr, dass das keine Wiese, sondern eine Alm ist, weil wir schließlich in den Bergen sind«, drängte Bob.

»Sie hat recht. Es ist eine Wiese, weil es hier keine Kühe gibt. Eine Wiese in den Bergen ohne Kühe ist eine Wiese und keine Alm«, musste Tim zugeben, obwohl es ihm überhaupt nicht gefiel, Hoka Hay recht zu geben.

»Habe ich doch gesagt«, bemerkte Hoka Hay zufrieden.

»Allerdings finde ich, dass der Begriff ›Rasen‹ hier viel zutreffender wäre«, ergänzte Tim. »Schließlich war das früher mal ein Park.«

Während sie um das Gebäude herumliefen, um zum Haupteingang des Sanatoriums zu gelangen, stritten sich die drei darüber, ob sie gerade über eine Alm, eine Wiese oder einen Rasen gingen. Sie hörten erst auf damit, als Hoka die Klinke des Eingangsportals herunterdrückte.

KAPITEL ELF SANATORIUM SAUBERBERG

»Hey, ihr zwei Snobs, und was ist mit meinem Trinkgeld für die freundliche Begrüßung und fürs Türaufhalten?«, rief Hoka Hay den Jungs hinterher.

»Zieh es von der Belohnung ab, um die du uns bei den letzten beiden Aufträgen betrogen hast«, erwiderte Tim.

»Oh, die jungen Herren sind nachtragend«, entgegnete das Ninja-Mädchen grinsend. »Ich habe euch vorhin den Hintern gerettet, sonst hätten sich die Murmeltiere darin festgebissen. Ich denke, damit sind wir mehr als quitt.«

Darauf wusste selbst Tim keine Antwort, was nur höchst selten vorkam. Deswegen zog er es vor, zu schweigen, genau wie Bob, der schon die ganze Zeit über kein Wort gesagt hatte, weil er mit großen Augen die Verwüstung im Inneren des Gebäudes bestaunte.

»Von wegen Sauberberg! Schmutzberg würde besser passen. Was zum Teufel ist denn hier passiert?«, fragte er, nachdem er sich einen groben Überblick über die Zerstörung verschafft hatte.

»Ich weiß nicht, was du hast. So viel anders sieht es bei euch zu Hause doch auch nicht aus«, bemerkte Tim und kassierte dafür einen Ellenbogencheck seines Freundes, der ihm für ein paar Sekunden die Luft raubte.

»Das nimmst du sofort zurück«, knurrte Bob.

»Zurückgenommen«, japste Tim immer noch atemlos. »Man wird doch noch mal einen Scherz machen dürfen.«

»Irrtum«, erwiderte Bob sauer, dann wandte er sich an Hoka Hay. »Meinst du, hinter dem Chaos hier steckt der Baron?«

»Glaub ich eher nicht«, entgegnete das Ninja-Mädchen. »Ich habe mal von einem Experiment gehört, da haben sie in New York einen Wagen mit abgeschraubten Kennzeichen und eingeschlagener Scheibe in einer Seitenstraße abgestellt.«

 »Und dann?«, wollte Bob wissen.

»Drei Tage später war nur noch das Fahrgestell da. Die Leute hatten das Auto bis auf die letzte Schraube komplett ausgeschlachtet«, antwortete Hoka Hay.

»Aber hier steht doch gar kein Wagen. Ich kann jedenfalls keinen sehen.« Bob sah sich suchend um.

»Sie meint das im übertragenen Sinn. Wenn schon was kaputt ist, haben die Leute weniger Hemmungen, auch noch den Rest kaputt zu machen. Soll heißen, dass sich wahrscheinlich die Jugend aus den umliegenden Bergdörfern hier in der verlassenen Klinik ein bisschen amüsiert hat«, erklärte Tim. »Die haben ja keine Discos oder Fußballstadien oder so, in denen sie sich austoben und ein bisschen Spaß haben können.«

»Wenn das stimmt, haben die sich hier aber ordentlich ausgetobt.«

Bob hatte recht. Das Foyer der Klinik sah aus, als hätten dort drei Heavy-Metal-Festivals in Folge stattgefunden, ohne dass irgendwer zwischendurch Zeit gefunden hätte, ein bisschen aufzuräumen. Einige der zerschmetterten Stühle und Tische stapelten sich auf einem Haufen vor dem steinernen Kamin, der sich an der rechten Seite der Eingangshalle befand. Aus der Asche darin ragten noch ein paar schwarz verkohlte Lehnen und Stuhlbeine heraus. Auch Reste des Treppengeländers glaubte Tim zwischen den versengten Überresten im Kamin erkennen zu können. Die große Holztreppe, die in die oberen Stockwerke führte, besaß jedenfalls keinen Handlauf mehr. Auch einige der Stufen waren herausgerissen worden und lagen verstreut auf dem Fußboden. Teppiche gab es keine, aber die hellen Flecken auf dem Parkett verrieten, dass dort einmal welche gelegen haben mussten.

Hoka Hay nickte nur und grinste dabei, sodass Tim sich nicht sicher war, ob er ihr glauben sollte oder nicht.

Bob hatte sich längst aus der Unterhaltung ausgeklinkt. Er sah sich neugierig im Eingangsbereich um, wo er zwischen den Trümmern auch ein paar zerbrochene Teller entdeckte. Auf den Scherben klebten noch die Überbleibsel einer Mahlzeit. Was es gegeben hatte, war allerdings nicht mehr zu erkennen, weil die Speisereste von einer flauschig grünen Schimmelschicht überzogen waren.

»Vielleicht war das gar nicht die Bergjugend, vielleicht hat hier nur jemand ganz fürchterlich gefroren. Wäre kein Wunder bei den kaputten Fenstern überall«, sagte Bob und zeigte auf die eingeworfenen Scheiben, von denen nur noch vereinzelt ein paar scharfe Scherben in den Rahmen steckten. »Vielleicht ein Skifahrer, der sich im Winter mit gebrochenem Bein in das Haus gerettet und dann auf den Sommer gewartet hat. In der Zwischenzeit hat er hier das ganze Inventar verfeuert, um nicht zu erfrieren. Könnte doch sein.«

Tim und Hoka Hay schauten Bob verdutzt an.

»Du solltest Bücher schreiben«, sagte das Ninja-Mädchen, und es war wieder nicht ganz klar, ob sie das ernst meinte oder Bob nur auf den Arm nehmen wollte.

»Und was hat er dann bitte schön gegessen, während er vor dem Kamin auf den Sommer gewartet hat?«, fragte Tim.

»Schon mal was von einer Küche gehört?«, erwiderte Bob beleidigt. »Hier gibt es doch bestimmt eine Küche, und zu einer Küche gehört eine Vorratskammer, und die dürfte bei diesem Kasten auch mehr ein Saal als eine Kammer sein.«

»Hiermit ernenne ich dich feierlich zum *Big Brain ehrenhalber*«, verkündete Tim.

»Wir beginnen mit unserer Suche in der Küche, und vielleicht finden wir später auch noch ein paar heile Betten, in denen wir uns ein bisschen ausruhen können«, sagte Hoka Hay.

»Ach, hat dich der Aufstieg also doch erschöpft?«, entgegnete Tim erfreut.

»Mich? Nicht im Geringsten! Ich habe dabei nur an euch gedacht. Snyder hat gemeint, ich soll ein bisschen auf euch aufpassen.«

»Ich brauche keine Pause«, erklärte Bob, obwohl sich seine Beine nach der Wanderung schwer wie zwei Kanonenrohre anfühlten.

»Und ich brauche niemanden, der auf mich aufpasst«, sagte Tim, der noch erschöpfter war als sein Freund. Aber auch er ließ sich das nicht anmerken. Die Jungs wären lieber gestorben, als vor Hoka Hay eine Schwäche einzugestehen. Es war schon schlimm genug gewesen, dass das Ninja-Mädchen sie vor einer Horde niedlicher Nager hatte retten müssen.

»Schon gar keine Ölprinzessin!«, schob Tim so leise hinterher, dass nicht sicher war, ob Hoka Hay seine Anspielung auf den Scheich gehört hatte oder nicht.

»Umso besser«, verkündete Hoka Hay. »Dann können wir ja anfangen. Mit etwas Glück finden wir einen Hinweis auf den Baron und seine Pläne. Das Sanatorium ist riesig, also lasst uns endlich anfangen. Wir haben nicht ewig Zeit, die Welt zu retten.«

»Darunter tust du's wohl nicht«, brummte Tim, als er dem Ninja-Mädchen durch das verwüstete Foyer zu einer großen zweiflügeligen Tür folgte.

»Ihr doch auch nicht«, erwiderte Hoka Hay.

»Ich wusste doch, dass wir etwas gemeinsam haben«, strahlte Bob, während Hoka die Tür aufstieß.

Dahinter lag der Speisesaal des Sanatoriums und dort sah es auch nicht besser aus als im Foyer: Auf dem Boden lagen überall zerbrochene Tische und Stühle herum, an der Fensterwand, durch die man einen grandiosen Blick auf die Berggipfel hatte, gab es keine einzige heile Scheibe mehr, und an die gegenüberliegende Wand hatte jemand mit roter Farbe »Meat is murder« gesprüht.

»Was soll das denn heißen?«, fragte Bob.

»Fleisch ist Mord«, übersetzte Tim, der schon seit einiger Zeit wieder begonnen hatte, sein Ohrläppchen zu kneten, weil er intensiv über etwas nachdachte.

»Das weiß ich selbst, aber was soll es bedeuten?«

»Dass die Graffiti sprayende Dorfjugend hier oben eine Vorliebe für veganes Essen hat«, erläuterte Hoka Hay. »›Meat is murder‹ ist ein Spruch der radikalen Vegetarier.«

»Vielleicht hat es auch eine der Kühe geschrieben«, bemerkte Tim. »Die hätten wenigstens einen Grund dafür, so einen Spruch zu taggen.«

»Wie soll das denn gehen? Mit ihren dicken Hufen treffen die den Druckknopf der Sprühdose doch gar nicht«, entgegnete Bob.

Bob und Tim sahen sich kurz an, dann stürmten sie Hoka hinterher. Als sie die Küche betraten, erblickten sie gerade noch eine große Ratte, die zwischen zerbeulten Töpfen und Pfannen davonhuschte.

»Wow! Das war aber wirklich gefährlich!«, sagte Tim und lachte.

»Ich kann sie verstehen«, meinte Bob. »Ich mag Ratten auch nicht.«

»Ich habe doch nicht wegen der Ratte gebrüllt.« Hoka Hay wischte sich eine Haarsträhne aus der Stirn. »Da vorn am Herd stand ein Kerl, riesengroß und bewaffnet bis an die Zähne.«

»Und wo ist der hin?«, wollte Tim wissen.

»Den habe ich mit dem Atomisator nach Madagaskar geschossen! Was denkst du denn?«, fauchte das Ninja-Mädchen, aber das glaubte ihr nicht einmal Bob. »Und jetzt lasst uns weitersuchen!«

Im Vorratsraum fanden Hoka Hay und die Jungs nur ein paar zerbeulte Konservendosen, und im Zimmer des Direktors hatte jemand alle Aktenordner aus dem Regal geräumt und mit den Papieren in der Mitte des Zimmers ein kleines Feuer entzündet, das zum Glück nicht auf die anderen Räume übergegriffen hatte.

Vorsichtig stiegen die drei über die fehlenden Stufen die Treppe hinauf. In der ersten Etage sah es auch nicht besser aus. Die meisten der Gästezimmer waren leer, weil irgendwer die Betten und Matratzen aus dem Fenster geworfen hatte. »Vielleicht gibt es hier Geheimtüren, die zu verborgenen Zimmern führen, in denen der Baron sein Labor versteckt hat«, sagte Bob, als sie die letzte Tür auf dem Flur erreicht hatten. »Wäre doch möglich, oder?«

»Das war ein Sanatorium für reiche Leute, kein Spukschloss«, erwiderte Tim und griff nach der Türklinke.

»Dann müssen sich Snyder, die Chefin und auch der Wiesenöhi geirrt haben«, sagte Bob. »Hier ist kein geheimes Labor oder so etwas. Hier ist gar nichts, außer Chaos und Zerstörung. Was sollte Baron von Funeral hier gewollt haben?«

»Da könnte ich mir einiges vorstellen, wofür dir anscheinend die nötige Portion Fantasie fehlt«, erwiderte Tim. »Den Titel *Big Brain ehrenhalber* bist du jedenfalls wieder los.«

»Ich fühl mich als *Faust* sowieso viel wohler.«

»Dann ist ja alles bestens«, sagte Tim und drückte den Türgriff nach unten.

KAPITEL ZWÖLF FLURGESPRÄCHE

Bob und Tim schüttelten den Kopf.

»Das kommt davon, dass ihr ständig nur Blödsinn quatscht«, fuhr Hoka Hay fort. »Jetzt haben wir ... jetzt hast du den Salat.«

»Aber da muss es doch eine Möglichkeit geben, die Falle irgendwie zu entschärfen!« Tim sah zuerst Bob, dann Hoka Hay an. Dann fing er an zu lachen. »Du verarschst mich?! Stimmt doch, oder?! Du willst mir nur Angst machen!«

Tim war schon im Begriff, seine Hand von der Klinke zu nehmen, da stürzte Hoka Hay auf ihn zu und drückte seine Finger fest zurück auf den Griff.

»Nicht loslassen, habe ich gesagt!«

»Aber da muss man doch was tun können.« Bob beugte sich über die Klinke, um sie aus der Nähe zu betrachten.

»Der Sprengsatz ist auf der anderen Seite der Tür angebracht. Wenn wir die Tür öffnen, um nachzusehen, geht er hoch«, erklärte Hoka Hay. »Von hier aus können wir überhaupt nichts machen. Außer vielleicht uns bei der Zentrale melden und um Unterstützung bitten.«

»Die Zentrale ist gerade nicht besetzt«, erwiderte Bob.

»Wieso?« Hoka sah ihn erstaunt an.

»Weil Snyder und die Chefin im Gefängnis sitzen«, erklärte Tim, der sich mit seiner freien Hand das linke Ohrläppchen knetete. Er dachte angestrengt über eine Lösung nach, doch auf die Schnelle fiel selbst ihm keine rettende Idee ein. Um die Wahrheit zu sagen, kam ihm überhaupt kein Gedanke, weil sein Gehirn völlig von der Vorstellung des Sprengsatzes auf der anderen Seite der dünnen Tür beherrscht wurde.

»Das ist wieder so ein Witz von euch, oder?«, bemerkte Hoka Hay.

»Die zwei waren an einer wilden Schießerei auf einem Markt beteiligt und hatten ihre S.W.A.P.-Plaketten zu Hause vergessen. Da hat man sie eingebuchtet«, sagte Bob.

Es dauerte einen Augenblick, ehe Hoka Hay sich von ihrem Lachanfall wieder beruhigt hatte.

»Was ist daran bitte so lustig?«, fragte Tim, dem überhaupt nicht zum Lachen war.

»Ich stell mir nur gerade meinen Vater und Angela hinter Gittern vor«, antwortete das Ninja-Mädchen immer noch glucksend.

»Schön, dass du dich so gut amüsierst. Das hilft uns aber nicht weiter.« Tim spürte, wie er langsam einen Krampf in der Hand bekam.

»Stimmt. Aber ohne Hilfe der Zentrale können wir gar nichts machen. Komm, wir gehen.« Hoka Hay winkte Bob zu, dann wandte sie sich noch einmal an Tim. »Tu uns einen letzten Gefallen. Sei so nett und lass die Klinke erst los, wenn wir da vorne um die Ecke sind.«

»Habt ihr das Kleingedruckte nicht gelesen? Wenn man sich bei einem Einsatz für den S.W.A.P. zwischen der Rettung seines Partners und der Rettung der ganzen Menschheit entscheiden muss, hat die Menschheit immer Vorrang«, erklärte Hoka Hay. »Wir haben in diesem alten Kasten schon genug Zeit verloren. Und die hat von Funeral bestimmt nicht genutzt, um Däumchen zu drehen.«

»Und warum ist dann hier eine Sprengfalle?«, entgegnete Tim, dessen Ohrläppchen bereits krebsrot glühte. »Das macht man doch nur, wenn man etwas zu verbergen hat. Ich wette, hinter dieser Tür finden wir ein paar Antworten auf unsere Fragen.«

»Du meinst, das Dynamit auf der anderen Seite der Tür ist eigentlich ein gutes Zeichen?« Bob sah seinen Freund an, als wäre der vor Todesangst verrückt geworden.

»Bingo Flamingo! Zumindest beweist es, dass wir auf der richtigen Spur sind«, erwiderte Tim, dessen big brain endlich wieder wie gewohnt reibungslos arbeitete. »Den Verdacht hatte ich vorhin schon unten in der Halle. Die Verwüstung und das totale Chaos da! Das war nicht die Dorfjugend und auch kein verletzter Skifahrer. Das war der Baron! Der wollte die Leute davon abhalten, sich hier umzusehen. Und für Leute wie uns, die sich nicht abhalten lassen, hat er die Falle installiert. Kann gar nicht anders sein.«

Hoka Hay, die schon ein paar Schritte Richtung Treppe gegangen war, blieb stehen und drehte sich zu Tim um.

»Da könnte was dran sein«, sagte sie und zog ihre Stirn in Falten. »Aber wie kommen wir da rein, ohne dass sämtliche Spuren des Barons da drinnen in dem Zimmer mit einem riesigen Wumms in die Luft fliegen?«

»Danke, deine Sorge um mich weiß ich sehr zu schätzen«, entgegnete Tim, der mittlerweile stark schwitzte.

»Außen rum!« Es war Bob, der sich zu Wort meldete. »Ich klettere über den Fenstersims vom Raum nebenan in das Zimmer, in dem der Sprengsatz angebracht ist.«

»Und dann?« Hoka Hay sah Bob skeptisch an.

»Dann entschärfe ich die Bombe. Was sonst?«

»Kannst du das denn?« Hoka Hay schaute noch skeptischer als vorher.

»Wenn es einer kann, dann Bob«, mischte sich Tim ein. »Das ist die einzige Möglichkeit, die ich ... die wir haben!«

»Meinetwegen, schließlich ist es dein Leben.« Das Ninja-Mädchen hockte sich in ausreichendem Sicherheitsabstand zu Tim und der Tür auf den Boden und lehnte sich mit dem Rücken an die Wand. »Ich warte dann einfach hier, bis es knallt.«

»Es wird nicht knallen! Wird es doch nicht, oder, Bob?«

Statt Tim zu antworten, ließ Bob nur seine Fingerknochen knacken. Tim nahm an, dass das ein »Nein, natürlich nicht« bedeuten sollte. Zumindest hoffte er es.

»No risk, no fun«, verabschiedete sich Bob und klopfte Tim aufmunternd auf die Schulter.

»Ja, risk für mich und fun für dich«, bemerkte Tim.

»Unsinn, wenn die Sprengladung hochgeht, gehe ich doch mit dir hoch«, korrigierte Bob seinen Freund.

»Einer für alle, alle für einen«, mischte sich Hoka ein. »Ihr zwei seid wirklich rührend.«

Die Jungs reagierten nicht auf die Bemerkung des Ninja-Mädchens, sondern reichten sich einfach schweigend die Hand. Dann drehte Bob sich um und verschwand in dem Zimmer rechts neben der verschlossenen Tür.

»Viel Glück auch«, rief Hoka Hay ihm hinterher, dann wandte sie sich an Tim. »Das wird er ... das werdet ihr brauchen.«

In dem Raum herrschte das gleiche Chaos wie in den anderen Zimmern, und auch hier waren die Scheiben zerbrochen. Bob musste nicht einmal das Fenster öffnen, um auf den schmalen Sims zu klettern, der um das ganze Gebäude herumführte.

»Alles klar?!«, hörte er Tims Stimme aus dem Flur rufen.

»Klar ist alles klar! Ich bin ja noch gar nicht draußen«, brüllte Bob zurück. »Ich melde mich, wenn ich auf der anderen Seite der Tür stehe.«

Immerhin falle ich weich, falls ich auf einer der Matratzen lande.
Meinst du, er schafft es?
Vielleicht. Vielleicht aber auch nicht.
Ganz ruhig, so eine Sprengfalle ist extrem sensibel. Die braucht man nur falsch anzugucken und schon geht sie hoch.
Ich kriege einen Krampf in der Hand und außerdem muss ich aufs Klo.
Ganz mieses Timing.

»Soll ich dir eine Flasche holen?«, bot Hoka an.

»Wofür?«, wollte Tim wissen.

»Ich dachte, du musst dringend, und aufs Klo rennen kannst du ja wohl kaum.«

»Mach dir um mich keine Sorgen. Ich schwitze das einfach aus.« Tim fuhr sich mit der freien Hand über seine schweißbedeckte Stirn.

»Erzähl später aber nicht wieder überall rum, ich hätte dir keine Hilfe angeboten.« Das Ninja-Mädchen bewegte sich auf dem Boden langsam Richtung Treppe, indem sie ihren Po unmerklich von Tim und der Tür wegschob.

»Wo willst du hin?« Tim verknotete die Beine, weil der Druck auf seine Blase immer stärker wurde. Außerdem war da noch der Krampf in seiner Hand, der auch von Sekunde zu Sekunde schlimmer wurde.

»Macht ja keinen Sinn, wenn wir beide hochgehen. Wenn du weiter so rumzappelst, kann es sich nur noch um Sekunden handeln. Also entschuldige, wenn ich dir dabei nicht unbedingt Händchen halten möchte. Die Welt braucht mich noch.«

»Wie selbstlos.« Tims Finger begannen zu zittern.

»Okay. Da die Chance relativ hoch ist, dass du es nicht mehr weitererzählen kannst, verrate ich dir ein Geheimnis.« Während sie sprach, rückte Hoka Hay noch ein Stückchen von Tim weg. »Ich mag dich, und wenn es auf dieser Welt keine anderen Jungs mehr außer Bob und dir gäbe, würde ich mich für dich entscheiden.« Hoka Hay lächelte Tim an und legte zwei Finger an ihre Lippen. »Aber psssst! Kein Wort zu dem kleinen Dicken, falls du doch mit dem Leben davonkommst. Wo bleibt der überhaupt? Oder ist der schon abgestürzt?« Hoka lauschte nach draußen. »Wohl kaum, sonst hätte man sicher einen Schrei gehört.«

Weil der Sims so schmal war, kam Bob nur langsam vorwärts. Er musste immer wieder aufpassen, nicht abzurutschen. Zwei Mal wäre er schon fast in die Tiefe gestürzt. Das eine Mal hatte er nur durch eine akrobatische Verrenkung seines Oberkörpers noch das

Gleichgewicht halten können, das andere Mal hatte er sich in letzter Sekunde mit der rechten Hand an eine Fahnenstange geklammert, die dort für Feiertage in die Wand eingelassen worden war. Bob war sonst kein großer Fan von flatternden Fahnen und ähnlichem Brimborium. Jetzt allerdings hätte er dem Mast, der ihm das Leben gerettet hatte, am liebsten einen dicken Kuss gegeben. Er tat es dann aber doch nicht, weil die Stange zentimeterdick mit Taubendreck verschmiert war.

Endlich hatte Bob das richtige Fenster erreicht. Es war das einzige im ganzen Sanatorium, dessen Scheiben noch heil waren. Als Bob einen Blick in den Raum warf, sah er einen Computerarbeitsplatz und daneben einen Tisch, auf dem eine Versuchsanordnung mit Reagenzgläsern, Glaskolben und einem Bunsenbrenner aufgebaut war. Außerdem befanden sich in dem Raum noch ein Kühlschrank, eine Kochplatte und eine Couch, auf der eine Wolldecke und ein Kissen lagen. An der Tür hatte jemand mit Klebeband drei Stangen Dynamit befestigt. Der Sprengstoff war durch zwei Kabel mit der Klinke verbunden, an der wiederum ein kleines schwarzes Kästchen hing. Darin musste der Zünder sein, vermutete Bob.

Mit dem Ellenbogen schlug er kräftig gegen die Scheibe. Doch das Glas war zu dick, als dass Bob es einfach so hätte einschlagen können. Wer auch immer den Raum dahinter eingerichtet hatte, er oder sie hatte auch für Sicherheitsglas in den Fenstern gesorgt. Bob zog den Dolch aus dem Hosenbund. Nachdem er die verborgene Taste gedrückt hatte, schnitt er mit der scharfen Klinge einen Kreis in das Fensterglas. Dann schnippte er mit einem Finger gegen die Stelle, und das runde Glasstück landete mit einem leisen Klirren auf dem Boden des Zimmers.

Bob langte mit dem freien Arm durch das Loch, öffnete das Fenster und sprang schnell hinein. Direkt unterhalb des Fensters war eine Steckdose in der Wand angebracht, und Bob nutzte die Gelegenheit, um endlich den Atomisator aufladen zu können. Dass noch Strom auf der Leitung war, erkannte er an dem Computer, der im Stand-by-Modus vor sich hin summte. Bob war schon auf dem Weg zur

Tür, um mit der Entschärfung der Sprengfalle zu beginnen, als er plötzlich zögerte.

Seine Schritte auf den alten Dielen hatten den Rechner aus seinem Schlafzustand erweckt. Bob konnte nicht wiederstehen. Vielleicht fand er dort auf der Festplatte irgendwelche Hinweise zu den Plänen des Barons, dachte Bob und setzte sich vor den Rechner. So lange würde Tim sicher noch warten können.

KAPITEL DREIZEHN EINE FIFTY-FIFTY-CHANCE

Diesmal war es Tim, der den Finger auf die Lippen legte, weil er nicht wollte, dass Bob mitbekam, wie das Ninja-Mädchen über ihn redete. Früher oder später würde es Bob zwar sowieso das Herz brechen, wenn er erfuhr, dass Hoka Hay nicht auf ihn, sondern auf seinen besten Freund stand. Jetzt aber brauchte Bob eine ruhige Hand, um endlich die Bombe zu entschärfen. Tim fand es daher klüger, ihm diese enttäuschende Wahrheit erst später mitzuteilen.

»Ich wollte nur deinen Scharfsinn testen«, rief Bob von der anderen Seite der Tür. »Du kannst stolz auf dich sein. Du hast deine Finger brav da gelassen, wo sie hingehören, und damit die Prüfung bestanden.«

»Wäre ich durchgefallen, wärst du mit mir hochgegangen.«

»Da siehst du mal, wie sehr ich dir vertraue.«

»Ich störe euer Buddy-Geplapper ja nur höchst ungern, aber kannst du die Sprengfalle sehen?«, erkundigte sich Hoka Hay, die jetzt neben Tim stand.

»Ich habe sie hier direkt vor meiner Nase.« Bob hatte sich auf der anderen Seite vor die Tür gekniet, um den Mechanismus in aller Ruhe studieren zu können.

»Beschreib sie mal«, rief das Ninja-Mädchen zurück.

»Hier sind drei Stangen Sprengstoff, von denen zwei Drähte zu einem kleinen schwarzen Kasten gehen, der mit der Türklinke verbunden ist.«

»Ein blauer und ein roter?«, fragte Tim.

»Nein, der eine ist dunkellila und der andere mehr so babyrosa«, antwortete Bob.

»Ihr macht mich noch wahnsinnig mit euren albernen Witzchen.« Hoka Hay seufzte.

»Das ist kein Witz, die sehen wirklich so aus«, rief Bob beleidigt.

»Selbst wenn sie kariert oder gestreift wären! Das ist doch völlig egal. Beeil dich, der Krampf in meiner Hand wird immer schlimmer, und außerdem muss ich dringend aufs Klo«, drängelte Tim.

»Kann Hoka dir nicht eine Flasche besorgen?«, schlug Bob vor.

»Habe ich ihm auch schon angeboten, wollte er aber nicht.«

»★☘✻☠≋#🗡! Jetzt schneid endlich den verdammten Draht durch«, brüllte Tim.

»Gern, wenn du mir sagst, welchen von beiden«, entgegnete Bob.

»Rosa«, antwortete Hoka Hay.

»Lila«, antwortete Tim.

»Ihr zwei seid ja wirklich eine große Hilfe«, rief Bob, der versuchte, aus der Konstruktion irgendwelche Hinweise auf die Funktionsweise der Sprengfalle zu erraten.

Der Zünder in dem schwarzen Kasten war durch das Herunterdrücken der Klinke aktiviert worden, so viel war klar. Durch das Loslassen der Klinke würde mit hoher Wahrscheinlichkeit ein Stromkreis geschlossen, der den Sprengstoff zum Explodieren brachte, folgerte Bob. Das konnte er nur verhindern, wenn er einen der Drähte durchtrennte, genau wie Tim gesagt hatte. Das Risiko bestand darin, den richtigen zu treffen. Wählte er den falschen, konnte das sein und Tims Ende bedeuten.

Es war nicht schwer für Bob, aus Tims Stimme herauszuhören, dass er von seinem Freund keine Hilfe erwarten durfte.

Diese Entscheidung musste er ganz allein treffen, weil auch Hoka Hay mit einem Mal ungewöhnlich still geworden war.

Die beiden dünnen Kabel hingen direkt vor ihm. Auch wenn Bob in Mathe nicht besonders gut war, weil ihm die praktischen Dinge mehr lagen als die Theorie, wusste er, dass er eine Chance von fünfzig zu fünfzig hatte, den richtigen Draht zu erwischen. Das bedeutete jedoch auch zwangsläufig, dass seine Chance, den falschen zu durchtrennen, genauso hoch lag.

Bob nahm den Dolch und beugte sich noch näher über den schwarzen Kasten.

Lila oder rosa, lila oder rosa, lila oder rosa, pochte es in seinem Kopf, während von der anderen Seite der Tür Tims schwerer Atem zu hören war.

Plötzlich hatte Bob eine Idee, die ihn vor lauter Stolz ganz rot werden ließ. Eine Idee, die mit einem einzigen Schlag alle ihre Probleme lösen würde – und das sogar wortwörtlich, dachte er grinsend. Für einen Moment ärgerte er sich sogar, dass er nicht schon früher daran gedacht hatte. Er hob den Dolch hoch über seinen Kopf, holte weit aus und durchtrennte mit einem Schlag beide Drähte auf einmal.

Bob hielt für ein paar Sekunden die Augen geschlossen. Erst als er leise bis fünf gezählt hatte und nichts geschehen war, öffnete er die Lider wieder und betrachtete zufrieden die drei Sprengstoffstangen, die nun keine Verbindung mehr mit dem Zünder besaßen. Die Gefahr war vorbei, und Bob atmete tief durch.

»Jetzt mach endlich«, hörte er Tim rufen. »Ich zähle bis drei, dann lass ich diesen verdammten Griff los. Ist mir völlig egal, was dann passiert! Eins, zwei ...«

Als Tim »drei« sagte, griff Bob selbst nach der Klinke und öffnete die Tür.

»Keine Sorge, da passiert überhaupt nichts«, erklärte Bob und sah sich suchend auf dem Flur um. »Wo ist denn Hoka?«

»Du hast es geschafft! Du hast es wirklich geschafft!« Tim fiel seinem Freund erleichtert um den Hals und drückte ihn fest an sich. »Nicht dass ich jemals daran gezweifelt hätte ... Und unter Berücksichtigung deiner Leistung wäre ich tatsächlich bereit, über die zeitweilige Rückgabe deiner Auszeichnung als *Big Brain ehrenhalber* noch einmal nachzudenken.«

»Wie lange?« Bob löste sich schnell aus der Umarmung, weil sie ihm peinlich war.

»So ein oder zwei Tage«, erwiderte Tim und grinste. »Wir wollen ja auch nicht gleich übertreiben. Deine Chancen standen immerhin fifty-fifty.«

»Ich fühle mich sehr geschmeichelt, aber du kannst dir dein ›ehrenhalber‹ sonst wohin stecken. Ehrlich gesagt gefällt mir mein Spitzname *Die Faust* auch viel besser«, sagte Bob und grinste zurück.

Hoka Hay, die sich während der heißen Phase der Bombenentschärfung sicherheitshalber in eines der vielen Zimmer zurückgezogen hatte, erschien nun auch wieder auf dem Flur, weil das Herumgealbere der Jungs ihr verraten hatte, dass die Gefahr einer Explosion wohl überstanden war.

»Und? Welchen Draht hast du genommen?«, fragte sie Bob. »Bestimmt den lilafarbenen, wie ich gesagt habe.«

»Ich habe einfach …«, Bob machte eine Pause, um die Spannung noch etwas zu steigern, »… beide gleichzeitig durchgeschnitten!«

»Na also! Wie ich gesagt habe – den lilafarbenen!«, rief Hoka Hay zufrieden.

»Hast du nicht zugehört?«, fragte Tim. »Er hat beide gleichzeitig durchtrennt.«

»Ich bin ja nicht taub«, entgegnete das Ninja-Mädchen. »Aber das bedeutet, dass der lilafarbene auch dabei war. Und genau das war mein Tipp.«

»Auch egal! Wichtig ist nur, dass Bob es geschafft hat und ich endlich pinkeln gehen kann.«

Bob und Hoka Hay sahen Tim nach, wie er den Flur entlangflitzte, um nach einer Toilette zu suchen.

»Da hat es aber einer eilig«, bemerkte Hoka Hay. »Hoffentlich schafft er es noch rechtzeitig.«

»Spar dir deine Sorgen lieber für Baron von Funeral auf.« Bob deutete auf den Computer hinter sich im Zimmer. »Ich weiß jetzt, was er vorhat.«

»Was denn?«, fragte das Ninja-Mädchen neugierig. Sie setzte sich auf den Bürostuhl, der vor dem Rechner stand, und drückte auf die ON-Taste.

»Als sein Freund musst du das sagen, und ich finde es ja auch gut, dass du ihn verteidigst.« Hoka Hay sah Bob dabei so tief in die Augen, dass er rot wurde. »Ich wollte dir das übrigens schon lange sagen, aber … ich wusste halt nie, wie … Es ist nur so … ich mag dich. Sehr sogar.«

Bob wollte etwas antworten, wusste aber nicht, was er darauf erwidern sollte. Also schwieg er und wurde noch eine Spur röter.

Hoka Hay stand jetzt direkt vor ihm.

»Erzähl das bitte nicht Tim. Ich glaube, er rechnet sich Chancen bei mir aus, und wo wir drei doch so perfekt zusammenarbeiten, wäre es nicht gut, wenn er … du weißt schon.«

Bob schüttelte nur verständnislos den Kopf.

»Na, wenn er eifersüchtig auf uns ist. Das wäre sicher nicht hilfreich für unsere Mission«, erklärte Hoka Hay und lächelte Bob an.

»Du bist echt süß, wenn du rot wirst. Was hast du denn auf dem Rechner gefunden?«

Hoka Hay beugte sich leicht nach vorn, so als wollte sie Bob einen Kuss auf die Wange geben. Doch dazu kam es nicht, weil genau in dem Augenblick Tim wieder zurückkehrte und schon von Weitem brüllte: »Habe ich was versäumt? Wo müssen wir hin? Sagt schon, damit wir hier nicht noch mehr Zeit vergeuden.«

Der Kopf des Ninja-Mädchens zuckte erschrocken zurück, und Bob wurde sogar noch röter, falls das überhaupt möglich war.

»Spuckt schon aus, was ihr in der Zwischenzeit rausgekriegt habt.« Tim hatte die beiden inzwischen erreicht.

»Dein Freund hat den Rechner gemolken«, entgegnete Hoka Hay, weil Bob immer noch sprachlos neben ihr stand.

»Und?«, wollte Tim wissen.

»Wir müssen zurück zum Shuttle. Unsere nächste Station heißt Israel«, erklärte Bob, der langsam wieder zu sich kam.

»Wow, da war ich noch nicht, wollte aber immer schon mal hin.« Tim drehte sich um, weil er keine Zeit verlieren wollte.

»Warte!«, rief Bob ihn zurück. »Während du dich an die Klinke geklammert und danach gepinkelt hast, habe ich was Sinnvolles getan und den Atomisator aufgeladen.«

»Verdammt klug von dir«, lobte Hoka Hay, als Bob sich auf den Boden kniete und die Waffe aus der Steckdose zog.

»Für zwei Schüsse dürfte es reichen.« Bob betrachtete die Leuchtdiode der Akkuanzeige, die nun dunkelgelb leuchtete. »Aber viel mehr war in der kurzen Zeit ja auch nicht zu erwarten gewesen.«

KAPITEL VIERZEHN GLEITFLUG INS TAL

»Sagte ich doch«, sagte Tim.

»Sagtest du nicht«, widersprach Hoka Hay, die angefangen hatte, aus ihrem Rucksack ein paar Teleskopstangen und leichte Stoffbahnen auszupacken, die mit einem olivgrünen Tarnmuster bedruckt waren.

»Was soll das denn werden, wenn's fertig ist?«, erkundigte sich Bob neugierig.

»Ein Sonnenschirm«, antwortete das Ninja-Mädchen und baute aus den Einzelteilen mit wenigen Handgriffen einen Paraglider zusammen. Erst als sie die überraschten Blicke der Jungs sah, ergänzte sie: »Ein Gleitschirm, was denn sonst? Und deswegen trennen sich hier und jetzt auch unsere Wege.«

Hoka Hay umarmte erst Tim und dann Bob.

»Wie ›trennen‹?«, fragte Tim, der genau registriert hatte, dass das Ninja-Mädchen seinen Freund ein wenig fester und herzlicher an sich gedrückt hatte als ihn selbst.

»Euch muss man aber auch alles erklären! Trennen halt: Abschied nehmen, Tschüss sagen, unterschiedliche Wege gehen! Ich werde jetzt mit meinem Gleitschirm hier geschmeidig in die Tiefe segeln, wo euer Shuttle schon auf mich wartet.« Hoka Hay schnappte sich den Paraglider und nahm ein paar Schritte Anlauf. »Das gehört jetzt nämlich mir, weil ich schneller da unten bin als ihr. Wir sehen uns in Israel!«

»Sie hat uns mal wieder beschissen! Lässt dich das denn völlig kalt?!« Tim konnte es einfach nicht fassen, dass Hoka Hay sie erneut hereingelegt hatte. Einerseits. Andererseits beruhigte es ihn, dass er durch ihren Taschendiebstahl eine einleuchtende Erklärung für die innige Umarmung seines Freundes gefunden hatte.

»Eiskalt«, antwortete Bob.

»Und warum, wenn ich fragen darf?«

»Du darfst. Sie hat nämlich die falsche Festplatte erwischt. Und wenn sich dein *Big Brain* ein bisschen mehr mit Maschinen auskennen würde, wüsstest du, dass Computer für gewöhnlich immer zwei Festplatten besitzen. Eine für Programme und eine für Daten. Und jetzt rate mal, welche von den beiden das hier ist.« Bob zog einen flachen Kasten aus der Tasche, der genauso aussah wie der, mit dem Hoka gerade ins Tal hinuntersegelte. Grinsend sah Tim dem olivgrünen Gleitschirm nach, der immer kleiner und kleiner wurde und vor dem grünen Hintergrund der bewaldeten Berghänge schon bald kaum noch zu erkennen war.

»Ich muss gestehen, ich habe dich unterschätzt. Du bist nicht nur *Die Faust*, du hast es auch faustdick hinter den Ohren.«

»Sehr freundlich, aber tu mir einen Gefallen und verschon mich mit deinen albernen Wortspielen. Lass uns lieber mit dem Abstieg beginnen. Sie hat schon genug Vorsprung.«

»Moment noch.« Tim zeigte auf die Straße, die zum Sanatorium führte. Ein Geländewagen schlängelte sich die Serpentinen hinauf und parkte schließlich auf dem leeren Parkplatz, keine hundert Meter von den Jungs entfernt.

»Meinst du, die gehören zu von Funeral?«, fragte Bob.

Zwei Männer waren ausgestiegen, hatten ein paar Dehnübungen gemacht und öffneten jetzt die Heckklappe ihres Wagens.

»Unwahrscheinlich«, erwiderte Tim. »So gemütlich, wie die zwei es angehen lassen, wirken die auf mich nicht gerade wie die Eingreiftruppe des Barons.«

»Aber was wollen die dann hier oben?«

»Dein Wiesenöhi hat doch gesagt, dass sich ab und zu ein paar Paraglider hierher verirren.«

Als wollten sie Tims Vermutung bestätigen, begannen die beiden Männer nun, einen Gleitschirm zusammenzubauen, dessen Einzelteile sie aus dem Kofferraum geholt hatten.

»Und was hat das bitte schön mit uns zu tun?«, wollte Bob wissen.

»Ganz so clever, wie ich für einen winzigen Moment vermutet

hatte, bist du also doch nicht«, entgegnete Tim. »Das bedeutet, wir laufen nicht ins Tal, sondern wir machen es wie Hoka. Wir fliegen!«

»Und warum schnappen wir uns nicht einfach den Wagen da?«, wollte Bob wissen.

»Weil die Straße auf der falschen Seite des Berges liegt. Wir wollen doch zurück zum Shuttle, oder hast du plötzlich andere Pläne?«

»Ich müsste noch Hausaufgaben machen, aber das eilt nicht.«

»Es gibt da nur ein Problem.« Tim ignorierte Bobs Scherz.

»Du lässt mich nicht abschreiben?«, hakte Bob nach.

»Klar lass ich dich abschreiben. Ich lass dich doch immer abschreiben. Unser Problem ist, dass wir zu zweit sind und da unten nur ein einziger Gleitschirm steht.« Die Männer waren mit dem Zusammenbau ihres bunten Fluggeräts fertig und bereits damit beschäftigt, sich zwei Overalls anzuziehen, die über und über mit Schlaufen und Karabinerhaken besetzt waren.

Tim winkte von Weitem, und die Männer grüßten freundlich zurück, was die Jungs in ihrer Annahme bestätigte, dass sie nicht zum Baron gehörten, sondern tatsächlich nur ganz zufällig hier oben aufgetaucht waren.

Als Tim die beiden Paraglider fast erreicht hatte, zog er die S.W.A.P.-Plakette aus seiner Jackentasche, wedelte damit in der Luft herum und brüllte: »Okay, kein Grund zur Besorgnis, aber Ihr Gleitschirm ist beschlagnahmt. Mein Name ist S.W.A.P.-Agent 0098, und das ...«, dabei zeigte er auf Bob, »... ist mein Kollege S.W.A.P. 0099. Hiermit beschlagnahmen wir Ihren Gleitschirm gemäß Paragraf 23wc des Gesetzes zum Schutze der nationalen Sicherheit. Im Internet können Sie sich ein Formular für die Entschädigung herunterladen. Und jetzt raus aus den Overalls, wir haben nicht den ganzen Abend Zeit!«

Die Männer starrten Tim erst erstaunt, dann zunehmend amüsiert an. Schließlich brachen sie in lautes Gelächter aus. Sie konnten sich gar nicht mehr einkriegen und stoppten erst, als Bob seinen Atomisator zog und auf ein Murmeltier richtete, das sich neugierig am Rand des Parkplatzes auf die Hinterbeine gehockt hatte. Bob tippte den Abzug nur leicht an, aber das genügte, um das verdutzte Tier in das übernächste Alpental zu teleportieren.

»Und jetzt raus aus den Klamotten. Das ist ein Notfall!«, befahl Bob den Paraglidern, die immer noch mit offenen Mündern auf die Stelle starrten, an der eben noch das Murmeltier gesessen hatte. Danach ging alles ganz schnell. Die Männer zogen schweigend ihre Overalls aus, und Bob und Tim zogen sie an. Anschließend ließen sich die Jungs zeigen, wie man den Piloten sicher mit seinem Tandempassagier verband.

»Und nicht vergessen!«, rief Bob den Männern zu. »Im Internet finden Sie das Formular für die Entschädigung.«

»Aber wo denn da?«, rief einer der Männer den Jungs hinterher, die bereits Anlauf nahmen.

»Geben Sie einfach S.W.A.P. in Ihre Suchmaschine ein«, brüllte Tim über die Schulter zurück. »Dann finden Sie es bestimmt.«

Er hing unter Bob, der die Steuerung ihres Gleitschirms übernommen hatte. Im nächsten Augenblick hoben sie ab und segelten durch den Abendhimmel davon.

»Meinst du, der S.W.A.P. hat wirklich eine Website?«, fragte Bob, während sie sich immer weiter in die Höhe schraubten.

Möglich, aber ich bezweifle, dass es da ein Formular für Entschädigungen gibt. Du weißt doch, wie geizig die Chefin ist!
Bist du wirklich sicher, dass du das Teil hier sicher fliegen kannst?
»Sicher« habe ich nie behauptet.
Das ist ja sehr beruhigend.
Entspann dich und lass dich einfach treiben. Mach ich doch auch.

»Ich wäre lieber schon wieder unten auf der Erde«, entgegnete Tim, weil sie genau in dem Augenblick haarscharf an einer Felswand entlangflogen. Tim schätzte, dass es höchstens eine Handbreit war, die die rechte Ecke ihres Paragliders vom nackten Felsgestein trennte. Schnell schloss er die Augen.

»Hast du das gesehen?! Da vorn in dem Adlerhorst waren zwei niedliche, flauschige Junge!« Bob musste brüllen, so sehr toste ihnen der Wind in den Ohren.

»Nein, hab ich nicht«, brüllte Tim zurück.

»Das Nest war gar nicht zu übersehen.«

»Ich habe die Augen zu.«

»Wieso das denn?! Der Ausblick ist doch super von hier oben!« Bob blickte in die Tiefe. Unter ihnen lagen Bergrücken, Hügel, Almen, Gebirgsbäche, Täler, und auf einem Steilhang zu ihrer Rechten sprangen ein paar Steinböcke von einem Felsvorsprung zum nächsten.

»Ich habe die Augen geschlossen, damit ich nicht mit ansehen muss, wie wir gleich an einer Bergwand zerschmettern.«

»Keine Angst, ich habe alles unter Kontrolle!«

Tim öffnete kurz die Augen. Am Himmel direkt über ihnen tauchte plötzlich ein brauner Fleck auf, der schnell größer wurde und genau auf sie zuhielt.

»Tiefer!«, brüllte Tim. »Geh tiefer!«

»Wieso denn? Ist doch schön hier oben!«

»Tiefer! Da kommt der Papa von den niedlichen, flauschigen Jungen!«

Mit ausgestreckten Krallen schoss der Adler direkt auf sie zu, und nur weil Bob ihren Gleitschirm zur Seite riss, ging der Angriff des Raubvogels ins Leere.

»Von wegen ›alles unter Kontrolle‹«, schimpfte Tim.

»Was wollte der von uns?«

»Ich glaube, er mag es nicht, wenn man seinem Nachwuchs zu nahe kommt.« Tim beobachtete aus den Augenwinkeln, wie der Adler mit ein paar kräftigen Flügelschlägen in die Höhe stieg, um sich erneut von oben auf den Gleitschirm stürzen zu können.

»Oder er hält uns für einen Konkurrenten«, rief Bob.

»Mich vielleicht, dich ganz bestimmt nicht«, erwiderte Tim.

»Einen Schuss habe ich noch.« Bob kramte den Atomisator aus seiner Tasche und lenkte den Paraglider einhändig von der Felswand weg, auf die sie zuflogen. Wegen der starken Luftströmungen war das schon mit beiden Händen an der Lenkstange nicht ganz einfach, und so kratzte der Gleitschirm mit einer Ecke an den Felsen entlang und geriet ins Trudeln. Tim schloss erneut die Augen und öffnete sie erst wieder, als es Bob gelungen war, ihren Gleitschirm zu stabilisieren.

»Keine gute Idee«, rief Tim seinem Freund zu, der mit dem Atomisator den kreisenden Adler über ihnen ins Visier nahm.

»Warum nicht?«

»Wer soll sich denn dann um die Jungen kümmern, wenn wir ihren Papa weiß der Teufel wohin schießen?« Tim verrenkte sich den Kopf, um seinem Freund in die Augen schauen zu können.

»★⁂✻☠☰#✝«, fluchte Bob. »Daran hatte ich nicht gedacht.«

»Deswegen bist du ja auch nur *Die Faust* und ich der, den man *Big Brain* nennt.«

Kapitel Fünfzehn
Nicht nach Israel

Im selben Augenblick startete der Adler einen neuen Angriff. Wie eine Rakete schoss er im Sturzflug auf die Jungs zu. Bob konnte ihm erst in letzter Sekunde ausweichen, während Tim laut »Husch, husch, husch, weg mit dir!« und »Undankbarer Vogel!« brüllte.

Bob nutzte den Schwung seines Ausweichmanövers und steuerte den Gleitschirm aus der warmen Luftschicht, die sie immer höher und höher getrieben hatte. Ein paar Sekunden fiel der Paraglider wie ein Stein in die Tiefe, dann hatte Bob ihr Fluggerät unter Kontrolle gebracht. In weiten Kreisen sanken sie sanft hinab, argwöhnisch beobachtet von dem Greifvogel, der über den Jungs kreiste und von dort ihren Rückzug beobachtete. Tim vermutete, dass er in der Nähe seiner Jungen bleiben wollte und sie deswegen nicht weiter verfolgte.

»Das war knapp«, sagte Tim, als sie bereits so tief waren, dass sie unter sich sogar schon die Alm mit der Shuttle-Station erkennen konnten.

»Das war doch nicht knapp! Ich hatte jederzeit alles unter Kontrolle«, entgegnete Bob.

»Hattest du nicht, du Bruchpilot.«

»Noch ein Wort, und ich löse den Karabinerhaken. Dann lass ich dich fallen wie eine heiße Kartoffel.«

»Tu's nicht. Du hast ja keine Ahnung, wie sehr ich an dir hänge.«

»Habe ich wohl, du bist ja schwer genug. Und jetzt fahr die Beine aus – wir landen!«

Die Kühe stoben verstört auseinander, als Bob mit dem Gleitschirm knapp über ihren Köpfen hinwegflog. Tim musste den Bauch einziehen, sonst hätten ihm ihre Hörner glatt den Overall aufgeschlitzt. Bob drehte noch eine letzte Runde, dann landete er den bunten Paraglider weich neben dem olivgrünen Gleitschirm, den Hoka Hay direkt neben dem Einstieg zur Shuttle-Station geparkt hatte.

Die Jungs schnallten sich ab und sahen sich um. Die Kühe hatten sich mittlerweile beruhigt und widmeten sich wieder dem Grasen und Wiederkäuen, ohne sich weiter um die zwei zu kümmern.

»Meinst du, der Alte ist mit Hoka Hay und dem Shuttle verschwunden?« Bob zeigte auf die leere Bank vor der Almhütte.

»Hast du ihr das etwa geglaubt? Das war doch nur eine ihrer Geschichten. Der gehörte nie und nimmer zum S.W.A.P.«, erwiderte Tim. »Wahrscheinlich ist der einfach nur Käse machen oder Ziegen zählen gegangen oder mit was man sich sonst hier oben so den Tag vertreibt.«

Tim kletterte als Erster in den Schacht, dann folgte ihm Bob, der noch einen tiefen Atemzug nahm, bevor auch er die Leiter hinunterstieg.

»Was machst du da? Hast du Angst, dass du unten keine Luft mehr bekommst?«, wollte Tim wissen.

»Ich wollte nur überprüfen, wie es um den Sauerstoffgehalt bestellt ist. Wir haben so viel Zeit verloren – wer weiß, was der Baron in der Zwischenzeit alles angestellt hat«, erwiderte Bob.

»Und? Spürst du irgendeinen Unterschied?«

»Nein, alles wie vorher.«

»★☢✻☠≋#🗡«, fluchte Tim, als er am Ende der Leiter angekommen war.

»Was ist los? Ist die Luft da schlechter als hier oben?«

»Nein, ich bin nur schon wieder in einen Kuhfladen getreten! Eines dieser blöden Viecher hat den Schachteinstieg mit einer Kloschlüssel verwechselt.«

»Das wird den Schweizern aber gar nicht gefallen, wo sie es doch gern so sauber haben. Na ja, ihre Wiesen sehen ja auch nicht besser aus.« Bob lachte, als er an der letzten Sprosse angekommen war und einen großen Satz machte, um nicht ebenfalls in den Fladen zu treten. Tim saß ein paar Meter entfernt auf dem blitzblank gewischten Boden und bemühte sich vergeblich, mit einem Taschentuch seine Schuhe sauberzuwischen.

»Kein Shuttle.« Bob zeigte auf die leere Röhre, die vor ihnen lag.

»Das hat ja auch Hoka Hay. Wir brauchen ein neues«, entgegnete Tim, ohne die Reinigung zu unterbrechen.

»Das ist eine gute Gelegenheit, sich mal wieder in der Zentrale zu melden. Vielleicht gibt es Neuigkeiten«, erwiderte Bob.

»Stimmt, dann können wir Otto auch gleich Bescheid geben, dass er Snyder und die Chefin endlich aus dem Knast holt.«

»Ups! Die zwei hatte ich glatt vergessen!«

»Ich nicht, und die uns ganz sicher auch nicht.« Tim kramte die Mikrokopfhörer und das S.W.A.P.-Book aus seiner Tasche. Die Kopfhörer steckte er sich in die Ohren, das Tablet warf er Bob zu, der es geschickt auffing. »Versuch mal, ob du die Festplatte des Barons irgendwie anschließen kannst, damit wir an die Daten kommen. Ich kümmere mich inzwischen um eine Mitfahrgelegenheit und unsere beiden Häftlinge.«

Tim nutzte die Wartezeit und wischte weiter an seinen Schuhen herum. Bob dagegen arbeitete daran, die Festplatte mit dem S.W.A.P.-Book zu verbinden, um endlich alle Daten auslesen zu können.

Als die Kapsel in der Station erschien, zeigte Bob vorwurfsvoll auf Tims Sneakers, an denen immer noch Reste des Kuhfladens klebten.

»Damit willst du doch nicht etwa in das Shuttle einsteigen?«

»Was soll ich denn sonst machen?« Tim schaute seinen Freund ratlos an.

»Du bist *Big Brain*! Lass dir was einfallen!«

»Soll ich etwa barfuß in den Osten fahren? Weißt du, wie kalt es dort ist?«

»Mir egal! Damit steigst du jedenfalls nicht ein.«

»Die Schuhe waren teuer! Von dem Geld könnte eure Familie einen ganzen Monat lang leben, vielleicht sogar zwei.«

»Na und?!«, erwiderte Bob unbeeindruckt. »Dann kaufen dir deine superreichen Eltern eben ein neues Paar, wenn wir wieder zurück sind. Ein Glück, dass mir das nicht passiert ist. Meine Schuhe müssen noch meine kleinen Geschwister auftragen. Wenn ich in den Fladen getreten wäre, würden die in den nächsten Jahren alle barfuß laufen.«

»Wer's glaubt!«, knurrte Tim, zog sich aber trotzdem die Schuhe aus. Die Aussicht auf den Gestank in der geschlossenen Kabine des Shuttles gefiel ihm ebenso wenig wie Bob. Als er fertig war, stieg er hinter seinem Freund in die Kapsel und schloss die Glaskuppel über ihnen.

»Geht doch«, meinte Bob und deutete auf Tims Schuhe, die ordentlich nebeneinander auf dem Bahnsteig zurückblieben. Unterdessen nahm das Shuttle Fahrt auf und verschwand mit den Jungs in der Röhre.

»Und zum Trost für den schmerzlichen Verlust habe ich hier was für dich.« Bob warf seinem Freund das S.W.A.P.-Book nach hinten.

»Was soll ich damit?« Tim fing das Tablet auf und wischte mit dem Finger über das Display.

»Während du vergeblich an deinen Schuhen rumgewienert hast, ist es mir erfolgreich gelungen, von Funerals Festplatte zu überspielen. Da hast du was zu lesen auf der Fahrt.«

»Und was machst du in der Zeit?«

»Ich penne eine Runde. Weck mich, wenn wir da sind.«

Tim war viel zu neugierig, um zu schlafen. Auch wenn jetzt schon die Nacht angebrochen war, wollte er unbedingt mehr über die Pläne des Barons erfahren. Dass ihre Reise sie nach Baikonur führen würde, wusste er ja schon. Schließlich war der Baron auf dem Weg dorthin, das hatte Bob gesagt. Aber was wollte von Funeral dort? Plötzlich fiel Tim ein, was an dieser Stadt so besonders war. In Baikonur gab es derzeit den einzigen Weltraumbahnhof, von dem aus man Menschen mit einer Rakete ins All schießen konnte. Die USA oder China waren dazu nicht der Lage, und so führten alle Wege zur internationalen Weltraumstation ISS über das kasachische Baikonur. Von Funeral war bestimmt nicht dort, um sich als Tourist die Stadt anzuschauen. Die einzige vernünftige Erklärung, schlussfolgerte Tim, konnte nur lauten: Der Baron war auf dem Weg ins All … oder sogar schon da. Im S.W.A.P.-Book suchte Tim nach einer Art Fahrplan des Weltraumbahnhofs, auf dem er die Startzeiten der Trägerraketen ablesen konnte. Die letzte Rakete war vor einer Woche gestartet, und

die nächste sollte in genau acht Stunden abheben. Wenn sie sich beeilten, war das dank der MACH 2-Beschleunigung des Shuttles zu schaffen. Sie mussten sich nur noch eine Fahrkarte besorgen. Das allerdings könnte schwierig werden, befürchtete Tim.

Im Gegensatz zu Bob, dessen gleichmäßiges Schnarchen vom Vordersitz zu hören war, konnte er nicht schlafen und stöberte deswegen noch ein bisschen in den Dateien des Barons herum. Das meiste war langweiliges Zeug, bis er plötzlich auf ein Bild stieß, das er auf den ersten Blick für das Foto eines Regenwurms hielt. Erst als er genauer hinschaute, erkannte Tim, dass es eine tausendfach vergrößerte Aufnahme war, die keinen Wurm, sondern einen Virus zeigte. Warum hatte der Baron so ein Bild auf seiner Festplatte? Mithilfe der Datenbanken seines S.W.A.P.-Books gelang es Tim schnell, den Virus genau zu bestimmen. Es handelte sich um den Marburg-Virus, einen der tödlichsten Viren-Stämme der Welt, aber so etwas Ähnliches hatte Tim bereits befürchtet.

„Wahrscheinlich von Hoka, stimmt's?“, sagte Tim. »War nicht so schwer zu erraten, ist jetzt aber völlig unwichtig. Ich habe Neuigkeiten.«

»Ich hoffe, gute!« Bob drehte sich zu Tim um, und das Erste, was er sah, war das glühend rote Ohrläppchen seines Freundes.

»Geht so«, erwiderte Tim. »Willst du erst die gute oder erst die schlechte Nachricht hören?«

»Hey, das ist mein Spruch!«

»Ich habe ihn mir ausgeliehen, und jetzt sag schon: erst die gute oder erst die schlechte?«

»Nur die gute, die schlechte kannst du für dich behalten!«

»So geht das nicht! Du musst dich schon für eine Reihenfolge entscheiden.«

»Dann nehme ich zuerst die gute. Vielleicht trifft mich gleich der Schlag oder so was, und dann sterbe ich und habe nur die schlechte erfahren. Wäre doch blöd, oder?«

Tim verdrehte die Augen und seufzte. »Okay, die gute zuerst: Wir fliegen ins Weltall, wir brauchen nur noch eine Fahrkarte.«

»Cool!«

»Und jetzt die schlechte: Die Sache mit dem abnehmenden Sauerstoff in der Luft war nur ein Ablenkungsmanöver. In Wahrheit will von Funeral die Menschheit mit einem Virus auslöschen, und damit es ihn selbst nicht erwischt, hat er sich in die unendlichen Weiten des Weltalls zurückgezogen.«

»Gar nicht cool!«

»Bingo Flamingo, aber so leicht kommt er nicht davon. Wir holen ihn da wieder runter, zurück auf unsere gute alte Erde. Egal, wie gefährlich das wird.«

»Also gilt mal wieder: No risk ...«, begann Bob.

»... no fun«, beendete Tim den Satz, als ihr Shuttle auch schon die Bremsphase einleitete.

Kapitel Sechzehn
Drinnen und doch draußen

Von der Shuttle-Station führte eine Stahltreppe in einem großzügig ausgebauten Schacht in die Höhe. Die Stufen waren aus Metallgittern, die Tim durch seine dünnen Socken in die Füße schnitten. Außerdem war es hier unten saukalt, doch das hatte er so weit im Osten auch gar nicht anders erwartet.

»Meinst du, wir sind …?«

»Keine Ahnung, wo wir sind!«, unterbrach Tim seinen Freund und flüsterte dann: »Besser ist es trotzdem, keinen Krach zu machen. Also halt den Mund und pass auf, wo du hintrittst, damit du hier nicht so rumpolterst!«

»Du hast gut reden, du mit deinen Socken«, zischte Bob zurück, bemühte sich aber, mit seinen Schuhen auf den Metallstufen keinen Lärm zu machen.

Die Wände des Schachts waren mit Aluminium verkleidet, und das sah für Tim nicht so aus, als würden sie gleich irgendwo in der Tundra aus einem Loch in der Erde kriechen. Es wirkte eher so, als wenn sich der Schacht inmitten eines hochmodernen Gebäudes befinden würde. Mit etwas Glück kämen sie sogar direkt im Weltraumbahnhof heraus, hoffte er. Dann konnten sie sich wenigstens die endlosen Diskussionen an den Sicherheitskontrollen sparen.

»Wäre klasse, wenn wir schon drinnen wären«, raunte Bob seinem Freund zu.

»Habe ich auch gerade gedacht«, erwiderte Tim leise. »Und warum sollen wir nicht auch mal Glück haben …«

»Hatten wir denn schon mal Pech?«

Tim blickte Bob erstaunt an, dann grinste er. Sein Freund hatte recht: Im Großen und Ganzen hatten sie in allen gefährlichen Situationen bisher geradezu unverschämtes Glück gehabt und nie mehr als ein paar Kratzer abbekommen.

»Dann hoffen wir mal, dass das auch so bleibt.« Tim drückte den Deckel, der den Schacht verschloss, gerade so weit nach oben, dass ein Spalt entstand, durch den er hinausspähen konnte.

Der Shuttle-Ausstieg lag in einem Gang, dessen Wände ebenfalls mit Aluminium ausgekleidet waren. Türen oder Fenster gab es keine. Beleuchtet wurde der Flur durch Neonröhren, die in regelmäßigen Abständen an der Decke hingen. Etwa fünfzig Meter vor Tim lag eine Kreuzung, auf der jetzt ein weißer Elektrowagen mit fünf Mann Besatzung in Sicht kam. Die Männer sahen aus, als gehörten sie zum Sicherheitsdienst der Anlage. Sie trugen silberne Uniformen sowie Maschinenpistolen und fuhren direkt auf den Schachtdeckel zu, unter dem die Jungs hockten. Tim ließ schnell den Deckel zuklappen, um abzuwarten, bis der Wagen über sie hinweggerollt war.

»Weiß man nicht. Und selbst wenn ... Das Ding hat Energie für höchstens einen Schuss, vielleicht zwei. Die da oben waren zu fünft, und das sind bestimmt auch nicht die Einzigen, die dort mit Waffen rumlaufen. Wir brauchen einen anderen Plan.«

»Und welchen?«

»Wir machen es wie immer: rausgehen und uns ein bisschen umgucken! Vorher müssen wir hier nur irgendwo noch einen Schuhladen finden. Mit kalten Füßen kann ich nicht denken.«

»Und so einer lässt sich von aller Welt *Big Brain* nennen«, knurrte Bob, als Tim erneut den Deckel anhob. Erst als er niemanden entdecken konnte, schob er die Abdeckung zur Seite.

Tim holte im Laufen das S.W.A.P.-Book hervor.

»Was willst du denn jetzt damit?«, fragte Bob.

»Ich suche nach einem Bauplan des Gebäudes hier, damit wir uns besser orientieren können.« Tim war auf der Kreuzung stehen geblieben war und starrte angestrengt auf den kleinen Monitor. »Bingo Flamingo, hab ihn schon! Wir müssen da vorn lang!«

»Und was ist da vorn? Ein Schuhgeschäft?«

»Da ist der Umkleideraum für die Kosmonauten, und bestimmt kriege ich da auch ein Paar Moonboots.«

»Schön für dich. Allerdings sagt man Astronauten und nicht Kosmonauten. Hätte nie gedacht, dass ich dich mal korrigieren kann.«

»Kannst du auch nicht. Astronauten heißen die in Amerika, in Russland nennt man sie Kosmonauten. Und wo sind wir? Bestimmt nicht in Florida, da wäre es wärmer.«

»Und was ist, wenn ein Amerikaner von Russland aus ins All fliegt? Was ist der dann? Kosmonaut oder Astronaut?«, entgegnete Bob.

»Stell nicht so doofe Fragen und sei lieber froh, dass ich dich an meinem unendlichen Wissen teilhaben lasse. Deswegen verrate ich dir jetzt auch, dass wir uns derzeit leider noch außerhalb der roten Zone des Weltraumbahnhofs befinden. Hier draußen befinden sich nur Versorgungsanlagen und so ein Kram. Alle wichtigen Einrichtungen liegen in der roten Zone, also im Zentrum. Das heißt, wir sind zwar drinnen, nur noch nicht so richtig.« Tim reichte Bob das S.W.A.P.-Book, damit sein Freund selbst einen Blick auf den Grundriss werfen konnte.

»Und wie kommen wir richtig rein?«

»Da vorn muss irgendwo ein Zugang sein, aber der scheint gut gesichert.« Tim tippte mit dem Finger auf das Display.

»Klar ist der gut gesichert, ist ja keine Fußgängerzone hier. Achtung!« Bob zog Tim am Ärmel um die Ecke, weil am Ende des Ganges wieder einer der weißen Elektrowagen auftauchte.

Die Jungs drängten sich eng an die Aluminiumwand und trauten sich kaum zu atmen. Das leise Surren des Elektromotors näherte sich langsam, dann stoppte der Wagen plötzlich. Die Männer unterhielten sich auf Russisch. Bob und Tim wagten es nicht, nach ihren Mikrokopfhörern zu kramen, aus Angst, sich durch ein Geräusch zu verraten. Die Sicherheitsleute diskutierten noch ein paar Minuten, kurz danach hörten die Jungs, wie der Fahrer den Rückwärtsgang einlegte und sich der Elektrowagen langsam wieder entfernte.

»Wir sind eben echte Glückskinder!«, strahlte Tim. »Und jetzt weiter, solange es noch Nacht ist. Da ist hier nicht so viel los.«

»Das waren zwei Patrouillen in fünf Minuten. Ich möchte nicht wissen, war hier los ist, wenn richtig was los ist.« Bob schüttelte den Kopf.

Tim verkniff sich eine Bemerkung, weil er schnell von der Kreuzung wegwollte. Er hatte den Verdacht, dass sie sich an einem Knotenpunkt befanden, an dem sich verschiedene Streifenwege kreuzten. Auf dem S.W.A.P.-Book checkte er noch einmal kurz die Richtung, in die sie laufen mussten, um ins Allerheiligste des Weltraumbahnhofs zu gelangen, und steckte sich dann die Mikrokopfhörer in die Ohren.

»Damit wir das nächste Mal verstehen, worüber die Leute reden«, erklärte er Bob leise.

»Vielleicht will ich das lieber gar nicht so genau wissen«, entgegnete Bob, setzte seine Kopfhörer aber trotzdem ein. »Vielleicht ist alles, was wir als Nächstes hören: *Feuer frei und keine Gefangenen.*«

»Dann wissen wir wenigstens, was uns erwartet«, erwiderte Tim, der im Laufen die Decken des Ganges scannte. Er war sich ziemlich sicher, dass das ganze Gebäude durch Videokameras überwacht wurde, auch wenn er nirgendwo welche erkennen konnte. Auch Bob vermutete, dass es hier irgendwo einen Raum mit unzähligen Monitoren gab, vor denen Sicherheitsleute mit halb vollen Kaffeetassen hockten und gelangweilt die Bilder der Überwachungskameras betrachteten. Bob setzte darauf, dass ihr Glück sie auch weiterhin nicht verlassen würde und die Männer vor lauter Müdigkeit und Langeweile längst vor den Bildschirmen eingeschlafen waren.

Die Jungs waren gerade erst ein paar Meter gelaufen, als sie vor einer Tür einen der weißen Elektrowagen entdeckten. Sie verringerten ihr Tempo, um sich vorsichtig dem Wagen zu nähern. Wachmänner waren keine zu sehen, doch hinter der Tür hörten die Jungs Stimmen. Das Gespräch wurde auf Russisch geführt, doch dank ihrer Kopfhörer konnten die Jungs jedes Wort verstehen.

»Aber unser System meldet Eindringlinge«, sagte ein Mann. »Die Signale sind eindeutig.«

»Das tut es ständig. Du weißt genauso gut wie ich, Igor, dass hier alles total im Eimer ist«, entgegnete ein anderer.

»Trotzdem ist es meine Pflicht als Zweiter Sicherheitsoffizier, Sie darauf hinzuweisen, dass wir die Patrouillen verstärken und unverzüglich Alarmstufe Rot ausrufen müssen!«

»Und als Erster Sicherheitsoberoffizier sage ich: Mach mal halblang. Wenn wir wegen jeder Systemstörung so einen Aufstand machen würden, hätten wir gar keine ruhige Minute mehr.«

»Aber ...«

»Nichts aber, Igor! Und nun lass mich in Ruhe weiterschlafen! Es ist mitten in der Nacht, und für morgen früh ist ein Raketenstart angesetzt. Du weißt doch, was das immer für ein Theater gibt.«

»Ist der Baron wieder an Bord?«

»Nein, der ist immer noch oben. Also schnapp dir eine Decke und leg dich auf die Couch. Ist besser, wenn du morgen auch ausgeschlafen bist.«

Bob stieß Tim in die Seite und zeigte auf das Elektrogefährt, das neben ihnen auf dem Flur parkte. Die Jungs hatten genug gehört. Es war höchste Zeit, von hier zu verschwinden, bevor dieser Streber Igor doch noch auf die Idee kam, eine Kontrollrunde zu drehen, statt das großzügige Angebot seines Vorgesetzten anzunehmen.

»Weit, weit weg sein, wenn hier sein tödlicher Virencocktail hochgeht. Würde mich gar nicht wundern, wenn er ein kleines Paket mit den Viren dabei hätte, die er dann wie einen Meteoritenschauer auf unsere gute alte Erde herunterregnen lässt. Zumindest hat er so was in seinen Aufzeichnungen auf der Festplatte angedeutet.«

»Aber das werden wir verhindern, oder?«

»Klar, wir brauchen nur ein Flugticket, und umziehen sollten wir uns auch besser. Ich fürchte, dass wir in unseren Gleitschirm-Overalls weder als Kosmonauten noch als Astronauten durchgehen.«

»Dann lass uns lieber ein bisschen Gas geben, damit wir die Rakete nicht verpassen.« Bob trat das Pedal ihres Elektromobils voll durch.

Kapitel Siebzehn
Ein Netz aus Licht

Bob heizte mit dem Elektrowagen durch die Gänge des Weltraumbahnhofs, als wäre er auf einer Kartbahn unterwegs. Tim hielt das S.W.A.P.-Book fest in der einen Hand und klammerte sich mit der anderen an einem Haltegriff fest. Wie der Kopilot eines Rallyefahrers gab er seinem Freund immer wieder Anweisungen, wo es langging, und in den meisten Fällen hielt sich Bob auch daran.

»Scharf rechts! Jetzt wieder links! Vorsicht, da kommt eine Kreuzung! Da vorn dann rechts und gleich noch mal rechts. Bei der nächsten Gelegenheit dann wieder rechts. Gut so, und jetzt gleich noch mal rechts.«

»Hier waren wir schon mal!«, bemerkte Bob, der ihr Gefährt auf einer der vielen Kreuzungen gestoppt hatte. »Du hast uns einmal im Kreis geführt!«

»Woher willst du das wissen? Hier sieht doch alles gleich aus«, erwiderte Tim.

»Wenn man vier mal rechts abbiegt, kommt man wieder da raus, wo man losgefahren ist«, entgegnete Bob. »Das weiß ja sogar ich.«

Tim beugte sich tief über das Display.

»Ups! Möglich, dass du recht hast. Wir hätten da vorn vielleicht doch eher links gemusst. Kannst du wenden?«

»Das ist hier viel zu eng, um zu wenden. Ich leg den Rückwärtsgang ein. Aber könnte ich das bitte noch mal hören?«

»Was denn?«

»Dass du zugibst, dass ich recht hatte und du dich geirrt hast.«

»Habe ich doch gar nicht.«

»Hast du wohl.«

»Hab ich nicht! Ich hab ›möglich‹ und ›vielleicht‹ gesagt.«

Bob hatte mittlerweile die richtige Abzweigung erreicht und wieder den Vorwärtsgang eingelegt.

»Dass du es einfach nicht zugeben kannst, wenn dein Superhirn mal einen Fehler gemacht hat!«, brummte Bob.

»Das war kein Fehler!«, widersprach Tim. »Höchstens ein verzeihliches und unter den Umständen deiner katastrophalen Fahrkünste durchaus verständliches Versehen. Ein Fehler ist etwas ganz anderes. Du musst da vorn übrigens links.«

»Bist du sicher, oder willst du lieber noch mal in der Karte nachgucken?«

»Bieg schon ab, du Falschfahrer.«

»Gummiwand!«, erwiderte Bob, der mit dem Wagen auf ein rotes Leuchten am Ende des Ganges zufuhr. Erst als sie näher kamen, erkannten die Jungs, woher das Licht kam. Es war ein Gitternetz aus dünnen roten Strahlen, das ihnen den Weg versperrte. Die Strahlen liefen kreuz und quer von einer Wand zur anderen, von der Decke zum Boden und wieder zurück. Bob ging vom Gas und ließ den Wagen ausrollen, sodass er genau vor dem undurchdringlich wirkenden Strahlennetz zum Stehen kam.

»Das weiß man erst, wenn man es ausprobiert hat. Vielleicht schlummern ja noch ein paar ungeahnte Talente in uns. Wer geht als Erster?«, fragte Tim.

»Ich lasse dir da gern den Vortritt.« Bob machte eine einladende Geste in Richtung des Strahlennetzes.

»Dass du ausgerechnet jetzt deine höfliche Seite an dir entdecken musst.« Tim grinste, während er den Verlauf der roten Linien studierte. Er suchte nach einem Weg, auf dem er durch das Netz gelangen konnte, ohne einen einzigen der Lichtstrahlen zu berühren. Aber es schien absolut hoffnungslos. Versuchen wollte er es trotzdem.

»Drück mir die Daumen«, sagte Tim, als er den Fuß vorsichtig zwischen die Strahlen streckte.

»Ich drück dir vor allem die Daumen, dass das da keine Laserstrahlen sind, die dir den Fuß oder den Arm oder was dir sonst so dazwischengerät abtrennen«, entgegnete Bob, der Tims Bemühungen gespannt beobachtete.

»Du bist ein echter Freund, weißt du das? Statt mir Mut zu machen, erzählst du hier ...«

Sofort sprang er zurück und registrierte erleichtert, dass es wirklich nur Lichtstrahlen waren, mit denen die Russen den Zugang zur roten Zone des Weltraumbahnhofs gesichert hatten. Sein Arm war noch dran, in der Klemme saßen sie wegen des Alarms trotzdem. Bob riss seinen Freund zurück zu ihrem Elektrowagen.

»Wir haben keine Zeit mehr, um groß abzuhauen«, zischte Tim.

»Wollen wir ja auch gar nicht«, zischte Bob zurück.

»Was wollen wir dann?«

»Du meinst, außer Weltfrieden, genügend Nahrung für alle und einem langsamen, schrecklichen Tod für Baron von Funeral?«

»Genau das meine ich.«

»Wir wollen uns unter dem Wagen verstecken. Mach dich flach wie eine Flunder und kriech da runter!«, erklärte Bob, während über ihnen die Sirene weiterhin in einer Lautstärke heulte, die die Trommelfelle der Jungs fast zum Platzen brachte.

Bob robbte bereits unter das Elektromobil. Tim musste nachhelfen und schieben, damit sein Freund vollständig unter dem Wagen verschwand. Dann kroch er schnell hinterher.

Im selben Moment gingen die roten Strahlen aus, und von der anderen Seite des Ganges tauchte ein Mann auf. Die Jungs konnten nur seine Stiefel sehen, aber Tim schloss aus der Schuhgröße, die er auf mindestens neunundvierzig schätzte, dass der Mann knapp zwei Meter groß war, wenn nicht sogar noch größer. Tim hielt es daher für klüger, einfach still liegen zu bleiben und zu hoffen, dass der Riese wegen seiner Größe unter Rückenschmerzen litt, die ihn daran hinderten, sich zu bücken und unter dem Wagen nachzusehen. Die Chancen standen achtzig zu zwanzig, dass sie noch einmal davonkamen, schätzte er. Tim wusste, dass die meisten überdurchschnittlich großen Menschen Probleme mit dem Rücken hatten.

»Hier ist keiner«, hörten die Jungs den Mann sagen. »Nur ein Wagen, den irgendwer einfach abgestellt hat. War wohl wieder mal ein Fehlalarm. Die Videoüberwachung funktioniert seit gestern ja auch schon nicht mehr. Ist ein wahres Wunder, dass die es überhaupt schaffen, die Raketen so hoch ins All zu schießen, dass sie uns nicht gleich wieder auf die Köpfe fallen. Ich möchte jedenfalls nicht in der Haut der beiden armen Seelen stecken, die sie morgen in den Weltraum katapultieren. Der reinste Saftladen, ist doch wahr.«

Dann entfernten sich seine Schritte. Die Jungs blieben sicherheitshalber noch zwei weitere Minuten unter dem Wagen liegen, bevor sie sich wieder hervorwagten.

»Jetzt bist du dran«, sagte Tim, während er sich den Staub von den Sachen klopfte.

»Womit?«

»Auf einem Bein im Kreis zu hüpfen und dabei ›Alle meine Entchen‹ zu singen«, erwiderte Tim. »Womit wohl?! Einen Weg durch das Strahlennetz zu finden, was denn sonst?!«

»Sag das doch gleich«, entgegnete Bob und näherte sich den roten Lichtschranken.

Bob war mit dem Knie an eine der roten Linien gestoßen. Sofort drehte er sich um und rannte mit Tim zurück zum Wagen. Beim zweiten Mal schafften sie es viel schneller, unter dem Elektromobil zu verschwinden. Still lagen sie nebeneinander, als erneut die riesigen Schuhe des Sicherheitsmannes vor ihnen auftauchten.

»Wieder ein Fehlalarm! Ich sage doch, dass das ganze Sicherheitssystem komplett im Arsch ist. Hier ist keiner«, hörten die Jungs ihn in sein Funkgerät sprechen. »Ich würde das schließlich sehen, wenn hier einer wäre. Hier bin nur ich, der Wagen und eine Alarmanlage, die alle paar Minuten einen Fehlalarm auslöst. Das geht mir dermaßen auf den Sack, das kannst du dir gar nicht vorstellen. Ich gehe jetzt rein und haue mich aufs Ohr. Und wenn das so weitergeht, schalt ich das Ding ab. Das schwör ich dir.«

Nachdem sie vorsichtshalber fünf Minuten gewartet hatten, robbten Bob und Tim unter dem Wagen hervor.

»Da kommen wir nicht durch. Wir müssen einen anderen Weg in die rote Zone finden. Guck doch mal im S.W.A.P.-Book nach, ob du nicht irgendwo einen Hintereingang findest«, schlug Bob vor.

»Weißt du eigentlich, warum man mich *Big Brain* nennt?«, fragte Tim.

»Das frage ich mich, seitdem wir uns kennen«, erwiderte Bob. »Verrate es mir bitte, denn ich kann es mir beim besten Willen nicht erklären.«

»Gern! Man nennt mich so wegen meiner genialen Ideen, und deswegen brauchen wir auch keinen Hintereingang. Wir gehen einfach da durch …«

Tim schritt geradewegs in die roten Linien und gab sich dabei gar nicht erst Mühe, den Strahlen auszuweichen. Dann drehte er schnell um, warf Bob ein »Worauf wartest du, komm schon!« zu und zwängte sich ein drittes Mal unter den Wagen. Kaum war Bob neben ihm in Deckung gegangen, erschien erneut der Sicherheitsmann.

»★♣✲☠≡#†«, schimpfte er und verschwand wieder.

»Was sollte denn der Quatsch? Willst du, dass sie uns erwischen, du *Mini-Brain*?«, zischte Bob wütend, als er sicher war, dass der Mann sie nicht mehr hören konnte. »Was läufst du da volle Kanne rein?! Du hast ja nicht mal versucht, den Strahlen auszuweichen!«

Er konnte es einfach nicht fassen, und dass Tim ihn die ganze Zeit angrinste, machte es nur noch schlimmer.

»Das war ja auch gar nicht mein Plan. Wir wiederholen das jetzt noch vier oder fünf Mal, und dann schaltet der Kerl die kaputte Lichtschranke freiwillig aus, damit er endlich pennen kann. Wetten, dass …?«

»Ich nehme alles zurück.« Bob sah Tim mit gespielter Bewunderung an. »Du darfst deinen Spitznamen behalten.«

»Danke! Und jetzt lass uns anfangen, sonst kommen wir hier nie weiter.«

Fünf Mal liefen Bob oder Tim in die Lichtstrahlen.

Fünf Mal ging die Sirene an.

Fünf Mal kam der Sicherheitsmann, und jedes Mal war er noch ein gutes Stück schlechter gelaunt als davor.

Dann schaltete er die Anlage einfach aus, weil er davon überzeugt war, dass diese »★☢✲☠⚡#🗡«-Lichtschranke nun endgültig im Eimer war.

Kaum war er verschwunden, krochen die Jungs wieder unter dem Wagen hervor und schlichen sich vorsichtig durch den Gang, den das Strahlennetz gesichert hatte. Hinter dem Durchgang lag rechts ein Zimmer, dessen Tür offen stand.

KAPITEL ACHTZEHN ANZUG INS ALL

Nachdem Bob und Tim unbemerkt in den roten Bereich des Weltraumbahnhofs eingedrungen waren, versteckten sie sich in einer Abstellkammer, um dort auf den Morgen und den bevorstehenden Raketenstart zu warten. Bob nutzte die Zeit, um sich über das S.W.A.P.-Book alle Informationen zu beschaffen, die er für die Steuerung der Rakete benötigte. Tim arbeitete derweil an einem Plan, wie es ihnen gelingen konnte, anstelle der beiden Kosmonauten den Flug ins All anzutreten. Irgendwie mussten sie die zwei aus dem Weg räumen und sich ihre Anzüge beschaffen. Steckten sie erst einmal in den Raumanzügen inklusive Helm, würde den Unterschied niemand bemerken, da war sich Tim sicher. Er brauchte nur noch ein gutes Argument, mit dem er die Kosmonauten überzeugen konnte, ihm und Bob ihre Fahrkarte ins All zu überlassen. Tim hockte auf dem Boden und rieb sich seine kalten Füße, die ihn daran hinderten, einen brillanten Gedanken zu fassen. Doch das Massieren seiner Füße war bei Weitem nicht so ergiebig wie das Kneten seiner Ohrläppchen, stellte er enttäuscht fest.

»Wir schnappen uns die Anzüge der beiden Männer und spazieren an ihrer Stelle in die Rakete. Mit dem Helm auf dem Kopf erkennt uns kein Mensch. Genial, oder?«

»Woher weißt du, dass es zwei sind?«

»Hat der Schleusenwärter doch erzählt, erinnerst du dich nicht?«

»Aber die zwei sind bestimmt viel größer als wir. Das Zeug wird uns gar nicht passen.«

»Die Weltraumstation ist doch keine Turnhalle. Da oben ist es eng, und deswegen schicken die auch immer nur ganz kleine Männer rauf. Glaub mir, die sind ganz sicher nicht viel größer als wir.«

»Und warum sollten die uns ihre Anzüge überlassen? Die trainieren seit Jahren auf diesen einen Tag hin. Die sagen doch nicht einfach: *Klar, schnappt euch ruhig unsere Sachen. Wir nehmen dann einfach die nächste Rakete, guten Flug auch*. Oder hast du dafür auch schon einen Plan?«

»Klar hab ich den«, log Tim. »Aber den verrat ich nicht. Noch nicht. Lass dich überraschen! Und jetzt komm schon, sonst fliegt die Rakete noch ohne uns ab.«

Die Gänge im inneren Bereich der Anlage waren breiter, und auch der Verkehr hatte zugenommen, weil der Start näherrückte. Für die Jungs war es völlig unmöglich, sich weiterhin vor den vielen Mitarbeitern des Weltraumbahnhofs versteckt zu halten, wenn sie zügig vorankommen wollten. Aber das schien auch gar nicht mehr nötig. Keiner der vielen Männer und Frauen, denen sie begegneten, nahm Notiz von ihnen.

»Was ist denn mit denen los? Wieso will uns keiner verhaften oder erschießen?«, fragte Bob.

»Wir sind im roten Bereich. Hier darf nur rein, wer hier sein darf. Wir sind drin, also dürfen wir auch hier sein«, erläuterte Tim. »So ticken die eben. So tickt man eigentlich überall, und deswegen ist es besser, wir versuchen gar nicht erst, uns zu tarnen. Je selbstverständlicher wir uns hier bewegen, desto besser. Tun wir einfach so, als wenn wir dazugehören würden.«

Bob zuckte nur mit den Schultern, was wohl so viel heißen sollte wie: von mir aus. Tatsächlich kamen sie dadurch wirklich viel schneller voran. Es dauerte gar nicht lange, da standen sie auch schon vor dem Raum, in dem sich die beiden Kosmonauten auf ihren Flug zur Weltraumstation ISS vorbereiteten.

Bob klopfte höflich. Kurz darauf ertönte von der anderen Seite ein ebenso höfliches »Herein!«.

Tim wollte die Tür öffnen, scheiterte jedoch, weil es weder eine Klinke noch einen Knauf zum Öffnen gab.

»Geht nicht«, rief Tim, der wieder einmal dankbar für die Übersetzungsfunktion der Mikrokopfhörer war.

»Ihr braucht nur den Code einzugeben – da auf dem Zahlenfeld. Beeilt euch, wir haben Hunger!«, erwiderte dieselbe Stimme, die die Jungs bereits hereingebeten hatte.

Das Display befand sich direkt links neben dem Türrahmen, nutzte den Jungs ohne den richtigen Code allerdings überhaupt nichts. Tim überlegte einen Moment, ob sie einfach behaupten sollten, sie hätten die richtige Zahlenkombination vergessen. Doch das hätte verdächtig wirken können.

»Die verdammte Tür klemmt mal wieder«, rief er stattdessen, weil ihm das, nach dem, was sie bisher in dem Weltraumbahnhof erlebt hatten, glaubwürdiger erschien.

»Funktioniert hier denn gar nichts mehr?!«, schimpfte die Stimme auf der anderen Seite. »Mistladen, elender!«

Es waren Schritte zu hören, dann öffnete jemand die Tür.

»Nein, das sind nur die zwei, die uns unsere Henkersmahlzeit bringen. Das ist das letzte anständige Essen für die nächsten Wochen, danach gibt es Brot, Schnitzel und Spargel nur noch aus Tuben«, erwiderte die Frau und sah die Jungs erwartungsvoll an. »Na, wo sind denn die Leckereien? Und wo sind deine Schuhe, Kleiner?«

Die Jungs waren für einen Moment verwirrt, weil sie nicht erwartet hatten, dass auch eine Frau zu den Kosmonauten gehören würde. Tim fasste sich als Erster wieder. Für ihre Mission war es schließlich völlig egal, ob zwei Männer, zwei Frauen oder ein gemischtes Doppel ins All reisen sollte. Die beiden würden eh nicht fliegen – das würden er und Bob an ihrer Stelle tun.

»Das ist ein Missverständnis«, erklärte Tim, der sich instinktiv an sein Ohrläppchen gefasst und fast im selben Moment einen Geistesblitz gehabt hatte. »Wir sind hier, weil wir riesige Fans von Ihnen beiden sind! Mein Freund und ich, wir träumen schon immer davon, zwei echten Kosmonauten zu begegnen. Sie sind doch die letzten wahren Helden, die es überhaupt noch gibt auf der Welt!«

»Zwei Kosmonauten? Ich dachte, sie ist Astronautin. Wegen der Flagge auf ihrem T-Shirt«, mischte sich Bob ein, verstummte aber sofort wieder, weil Tim ihm gegen das Schienbein trat.

Der Mann und die Frau lachten, weil sie Bobs Bemerkung für einen Scherz hielten.

»Die letzten wahren Helden?!« Der Mann hatte sich hinter die Frau gestellt und grinste geschmeichelt. »Das hast du schön gesagt, Junge.«

»Aber wie seid ihr Jungs überhaupt hier reingekommen?«, wollte die Frau wissen.

»Unsere Väter arbeiten in der Forschungsabteilung. Sie sind Wissenschaftler und für die Antriebsraketen verantwortlich«, antwortete Tim. »Dürfen wir ein Foto von Ihnen machen? Bitte!«

»Ja, bitte! Das ist unser größter Wunsch, echt!«, sagte auch Bob, obwohl er immer noch nicht so genau wusste, was Tim vorhatte.

»Meinetwegen.« Der Mann strich sich über seine gewaltigen Augenbrauen, um sie für das Foto in Form zu bringen.

»Für die Jungs von den Jungs von der Raketentechnik doch immer«, sagte die Frau. »Schließlich sorgen eure Papas dafür, dass wir sicher da hochkommen. Tun sie doch, oder?«

»Aber logisch! Unsere Väter sind die Besten«, sagte Tim, dann wandte er sich an Bob. »Hol doch mal den Fotoapparat raus!«

»Was denn für einen Fotoapparat?«, zischte Bob zurück.

»Du weißt schon – den neuen, den Papa entwickelt hat. Der, der aussieht wie ein Akkuschrauber.«

»Ach, den meinst du!« Endlich hatte Bob verstanden und kramte den Atomisator aus der Tasche.

»Sieht cool aus, eure Kamera!«, bemerkte der Mann.

»So eine hätte ich auch gern! Wo kriegt man die denn?«, ergänzte seine Kollegin.

Bob und Tim sahen sich an und dachten dasselbe. Die beiden Kosmonauten oder Astronauten schienen nicht gerade die Hellsten zu sein. Aber auch das hatte Tim nicht anders erwartet: Niemand, der halbwegs bei Verstand war, würde sich freiwillig in eine Rakete setzen, die von diesem Schrottbahnhof aus in den Weltraum startete. Es sei denn, er hatte keine andere Wahl, weil er die Menschheit vernichten oder retten wollte. So wie Baron von Funeral oder die Jungs.

»Kann man noch nicht kaufen«, antwortete Tim. »Ist ein Prototyp und macht auch nur ganz kleine Bilder. Deswegen ist es wichtig, dass sie fürs Foto ganz eng zusammenrücken.«

»Die haben sich ihre Raumfahrt bestimmt auch anders vorgestellt«, bemerkte Tom. »Ist wenigstens noch ein bisschen Saft auf dem Atomisator?«

»Nein, schon wieder alle«, sagte Bob mit einem Blick auf die rote Akkuanzeige.

»Vielleicht gibt es in der Rakete eine Steckdose.« Tim lief zu den Raumanzügen und schnappte sich einen davon.

»Wenn die nicht auch kaputt ist, so wie der ganze Rest hier«, entgegnete Bob und stieg in den anderen Anzug. Seinen Atomisator und den Dolch des Prinzen verstaute er in den Außentaschen des Anzugs, um sie im Notfall schnell zur Hand zu haben.

»Endlich wieder warme Füße«, schwärmte Tim, als er fertig angezogen war und sich nicht nur die Stiefel über die kalten Füßen, sondern auch den Helm über den Kopf gezogen hatte.

»Irgendwas stimmt hier nicht.« Bob sah an sich hinunter, wo sein Anzug in Höhe der Brust zwei Auswölbungen besaß.

»Das ist das Teil von der Lady. Kleidet dich übrigens ganz ausgezeichnet.« Tim streckte Bob grinsend den Daumen entgegen.

»Ohne mich! Ich mach mich doch nicht zum Affen!« Bob war schon fast wieder dabei, den Anzug auszuziehen, als Tim nach seinem Arm griff, um ihn aufzuhalten.

»Jetzt stell dich nicht so an! Da oben sieht dich doch keiner. Außer ein paar grünen Marsmännchen vielleicht ...«

»Dann lass uns tauschen, wenn du das so easy siehst. Ich nehme deinen und du nimmst meinen Anzug.«

»Ich zieh den doch nicht mehr aus – jetzt, wo ich endlich nicht mehr friere.«

»Und ich flieg damit nicht ins All, das kannst du ...«

Bob wurde durch ein Klopfen an der Tür unterbrochen.

»Der Start ist vorgezogen, weil das Wetter schlechter werden soll«, rief eine Stimme von draußen. »Das Teamfoto und das Abschiedsessen müssen ausfallen, aber wir haben euch noch ein paar Extratuben mit Blinis eingepackt.«

»Los jetzt, setz den auf!« Tim reichte Bob seinen Helm.

»Was sind Blinis? Ist das gefährlich?«, fragte Bob, während er sich murrend den Helm überstülpte.

»Das ist eine russische Spezialität, so eine Art hauchdünne Pfannkuchen«, erklärte Tim. »Bei mir zu Hause serviert uns das unsere Köchin immer mit Kaviar.«

»Kaviar?«

»Das sind so kleine schwarze Fischeier«, erklärte Tim. »Aber ich bezweifle, dass es die auch aus der Tube gibt.«

»Da haben wir dann ja wohl schon wieder Glück gehabt«, entgegnete Bob, als auch schon die Tür aufging.

KAPITEL NEUNZEHN
STARTKLAR FÜR DIE SCHROTTRAKETE

»Ladies first!« Der Mann, der vor der Tür auf die Kosmonauten wartete, wies einladend mit der Hand auf den weißen Elektrowagen, der hinter ihm auf dem Flur parkte.

Bob brauchte einen Augenblick, ehe er kapierte, dass mit der »Lady« er gemeint war.

»Wieso habt ihr das ganze Zeug eigentlich schon an? Das braucht ihr doch noch gar nicht«, bemerkte der Fahrer, als die zwei in ihren sperrigen Raumanzügen und den Helmen auf dem Kopf an ihm vorüberwankten.

»Reine Vorsichtsmaßnahme«, entgegnete Tim, während Bob bereits auf dem Rücksitz des Wagens Platz nahm. Tim folgte ihm und hockte sich neben seinen Freund. Er war froh, dass sie den Weg zur Rakete nicht laufen mussten. Die Anzüge waren für die Schwerelosigkeit konstruiert und dort sicher perfekt, auf der Erde aber ziemlich unpraktisch.

»Kluge Entscheidung! Vorsicht ist die Mutter der Porzellankiste und in dem Laden hier in jedem Fall die beste Lebensversicherung.« Der Mann setzte sich hinter das Lenkrad des Elektrowagens und startete den Motor.

»Und? Wie fühlt man sich so, wenn man kurz davor ist, ins All zu starten? Ist doch bestimmt mächtig aufregend!«, versuchte er mit den Jungs ins Gespräch zu kommen, nachdem sie ein paar Meter gefahren waren. Doch als weder Bob noch Tim ihm antworteten, um sich nicht durch eine unbedachte Äußerung zu verraten, brummte ihr Chauffeur nur »Kann ich verstehen, an eurer Stelle wäre mir auch nicht groß nach Reden zumute« und schwieg.

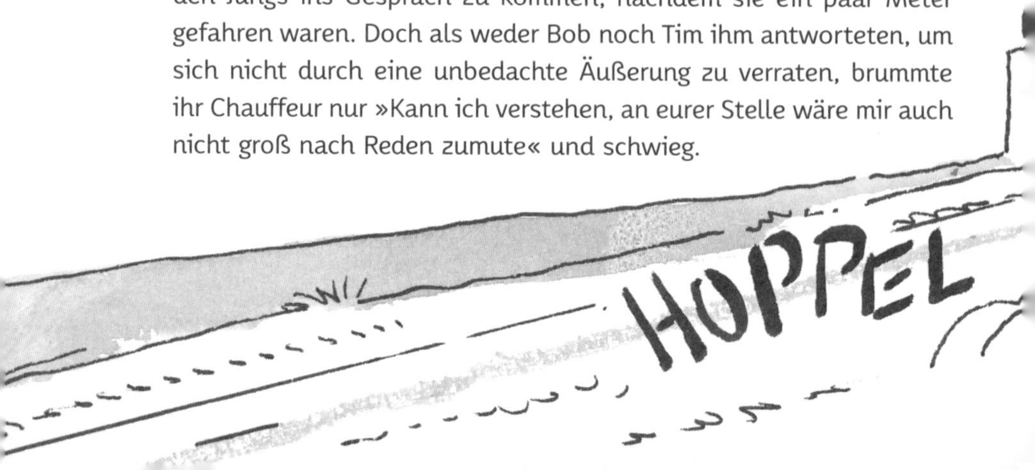

Ihre Fahrt führte sie durch zahllose lange Gänge, bis sie zu einem großen Tor kamen, durch das sie ins Freie gelangten. Dahinter lag eine Betonpiste, die an der Startrampe endete, von der aus die Raketen ins All geschossen wurden. Auf dem Weg dorthin machte der offene Elektrowagen immer wieder kleine Sprünge, weil seine Räder in eines der vielen Schlaglöcher geraten waren.

Die Piste befand sich tatsächlich in einem miserablen Zustand. Im Vorbeifahren pflückte Bob eine rote Mohnblume, die zwischen dem aufgebrochenen Beton blühte, und hielt sie Tim vor die Nase.

»Riech mal dran, Mohn beruhigt die Nerven.«

»Wie soll das denn bitte schön gehen? Mit dem Teil hier auf dem Kopf ...«, erwiderte Tim gereizt. Der Helm machte ihn nervös. Nicht nur, weil er nichts roch, sondern auch, weil er so sein Ohrläppchen nicht kneten konnte und das auch in nächster Zeit wohl nicht würde tun können. Bob ging es kaum besser. Mit den dicken Handschuhen, die nahtlos an dem Raumanzug angebracht waren, war es ihm völlig unmöglich, seine Fingerknochen knacken zu lassen, wie er es sonst immer tat, wenn er unruhig, nervös oder angespannt war.

Als die Arbeiter die Kosmonauten auf dem Elektrowagen entdeckten, unterbrachen sie ihre Vorbereitungen an der Startrampe. Einige der Männer nahmen sogar ihre Baselballkappen oder Bauarbeiterhelme ab. Tim war sich nicht sicher, ob sie das aus Respekt vor dem Mut der Raumfahrer taten oder ob es eine vorgezogene Trauerbekundung war. Bob betrachtete unterdessen neugierig die rote Rakete, die die Jungs ins Weltall bringen sollte. Sie war so groß wie ein fünfgeschossiges Haus und erinnerte Bob an sein altes Fahrrad. Das hatte er auch schon unzählige Male geflickt und immer wieder durch Ersatzteile am Laufen gehalten.

»Das ist das reinste Himmelfahrtskommando«, flüsterte er seinem Freund über den Helmlautsprecher zu, mit dem sich die Kosmonauten miteinander unterhalten konnten.

»Passt doch super! Himmel ist schließlich genau unsere Richtung«, flüsterte Tim zurück, dann stieg er von dem Wagen herunter und ging auf den Lastenaufzug zu, der sie zur Einstiegsluke der Rakete bringen sollte. Es gab keine Kabine, sondern nur eine offene Plattform, die von einem hüfthohen Eisengeländer gesichert wurde.

Bob drängelte sich an seinem Freund vorbei und zischte: »Hast du nicht gehört, was unser Abholkommando gesagt hat? Ladies first! Wenn wir schon da raufmüssen, dann will ich wenigstens der Erste sein.«

»Da kommst du ein halbes Jahrhundert zu spät. Der erste Mensch im All hieß Juri Alexejewitsch Gagarin, und zwar schon 1961«, entgegnete Tim.

»Aber die erste Frau, die könnte ich doch wenigstens sein, oder?«, fragte Bob und zeigte auf die Auswölbungen seines Raumanzugs.

»Das war Walentina Tereschkowa, tatsächlich nur zwei Jahre nach Gagarin.«

»Gibt es eigentlich irgendetwas, was du nicht weißt?«, entgegnete Bob genervt.

»Ja, ich weiß zum Beispiel nicht, ob der Aufzug hier sicher ist oder ob wir nicht schon auf dem Weg zur Rakete abstürzen.«

Kaum hatten die Jungs die Plattform betreten, setzten sich die Zahnräder, die den Lift senkrecht in die Höhe zogen, knirschend in Bewegung.

»Kein Grund zur Besorgnis, gleich geht es weiter. Nur ein kleiner Defekt«, meldete sich eine Stimme aus einem Lautsprecher, als der Aufzug auf der Hälfte der Strecke plötzlich stecken blieb. »Aber besser, das passiert hier im Lift, als später in der Rakete, oder?«

Es war ein Lachen zu hören, doch weder Bob noch Tim waren in der Stimmung, mit einzustimmen.

»Meinst du, die Rakete hat auch so einen Zahnradantrieb?« Tim streckte die Hand aus und strich über die Außenhaut des Raumfrachters vor ihm. Als er sie wieder zurückzog, waren seine Handschuhe ganz rot, weil die Farbe noch nicht getrocknet war.

»Schön, dass du wenigstens von Maschinen keinen blassen Schimmer hast. Das ist eine Rakete, keine Dampfmaschine! In den Tanks, die sich nur ein paar Meter unter unseren Sitzen befinden, lagert tonnenweise hochexplosiver Treibstoff. Der wird gezündet und katapultiert uns in die Höhe. Mal ganz einfach ausgedrückt, damit auch du es verstehst.«

»Tonnenweise hochexplosiver Treibstoff direkt unter unserem Hintern«, wiederholte Tim. »Danke, da brauche ich mir ja wirklich keine Sorgen mehr zu machen.«

Im selben Moment setzte sich der Aufzug wieder in Bewegung und ruckelte die letzten Meter bis zur Einstiegsluke in die Höhe.

Hinter der Luke führte ein schmaler Gang in eine Kabine, in der zwei Kommandosessel nebeneinander auf dem Boden festgeschraubt waren. Durch eine Scheibe blickten die Jungs nach draußen auf die Rampe, an der die Arbeiter und Wissenschaftler die Startvorbereitungen wieder aufgenommen hatten. Direkt vor den beiden Sesseln befand sich die Schaltzentrale der Rakete.

»Der Start erfolgt in zwei Minuten. Bitte anschnallen, alle elektronischen Geräte ausschalten und den Rückensitz in eine aufrechte Position stellen«, meldete sich plötzlich eine Lautsprecherstimme. Direkt danach erschien auf einem der Bildschirme ein Video, auf dem eine Frau zeigte, wo die Notausgänge waren, auf welche Weise man die Rettungswesten aufblies und wie man die Atemmasken im Fall eines Druckluftabfalls in der Kabine benutzte.

»Wie soll ich denn die Maske aufsetzen, wenn ich einen Helm aufhabe?«, fragte Tim, dem der bevorstehende Start in dieser Schrottrakete zunehmend Sorgen bereitete, auch wenn er das Bob gegenüber niemals zugegeben hätte. Brauchte er auch nicht. Bob spürte Tims Nervosität auch so.

»Solange du den Helm aufhast, kannst du dir die Maske sparen«, beruhigte Bob seinen Freund, obwohl es ihm selbst auch nicht besser ging. Die beiden hatten während ihrer Einsätze für den S.W.A.P. schon einige Abenteuer erlebt, ein Ausflug in den Weltraum aber war ein anderes Kaliber.

Draußen an der Rampe war jetzt niemand mehr zu sehen, weil der Start unmittelbar bevorstand. Bob und Tim setzten sich auf die beiden Pilotensessel und zogen die Gurte fest.

»Gleich beginnt der Countdown, und da wollte ich euch noch viel Glück wünschen. Ihr wisst ja, der Start ist die gefährlichste Phase der ganzen Mission – wenn ihr den überstanden habt, kann euch nicht mehr viel passieren. Mal abgesehen von ... na ja, lassen wir das. Wir haben alle Systeme tausend Mal getestet, und in den meisten Fällen ist bisher ja auch alles gut gegangen«, tönte eine Stimme aus dem Lautsprecher.

»Geht das ein bisschen genauer?«, fragte Tim.

»Sagen wir mal so: Eure Chancen stehen bei sechzig zu vierzig.«

»Für oder gegen uns?«, fragte Bob und bemühte sich dabei, mit der hohen Stimme einer Astronautin zu sprechen.

»Ist das wirklich wichtig?«, wiegelte die Stimme ab. »Das entspricht hier alles dem allerneuesten Stand der Technik, also kein Grund zur Besorgnis. Gute Reise euch beiden!«

Dann begann die Stimme laut von sechzig herunterzuzählen.

»59 ...«

»58 ...«

»Wir könnten noch aussteigen«, schlug Bob vor.

»Dafür ist es wohl zu spät«, erwiderte Tim, der das Angebot gern angenommen hätte. Aber das war Blödsinn, und das wusste er auch. Dort oben kreiste irgendwo der Baron wie ein Satellit um die Erde, und sie waren die Einzigen, die ihn noch stoppen konnten. Wenn sie den Raketenstart abbrechen würden, wäre das Schicksal der Menschheit besiegelt. Sie mussten das jetzt durchziehen, egal, was passieren würde. Das war den Jungs schon klar gewesen, als sie das Shuttle nach Baikonur bestiegen hatten.

Hallo, Jungs, wo steckt ihr denn?
Passt gerade ganz schlecht.
Tut mir leid, früher ging nicht, weil Angela und ich so lange im Gefängnis saßen. Und zwar, weil irgendwer sich absolut nicht darum gekümmert hat, uns dort rauszuholen. Weil zwei Jungs lieber ihr eigenes Ding durchzuziehen. Weil sie glauben, sie brauchen uns nicht mehr. Weil …
Können Sie mal für einen Moment den Mund halten?! Wir sitzen hier in einer Rakete und starten in genau 30 Sekunden in den Weltall, falls wir da überhaupt ankommen.
Wieso habt ihr eigentlich immer den ganzen Spaß, während ich hier in der Provinz versauere? Ich bin noch nie im All gewesen! Das ist nicht fair!
Weil wir es eilig haben, hier die Kurzfassung: Wir in schrottreifer Rakete. Der Baron in der Weltraumstation ISS. Virus an Bord. Wenn Virus auf Erde, alle Menschen tot. Wir unterwegs, um das zu verhindern. Verstanden?

»Sagt das doch gleich«, entgegnete Snyder. »Aber wieso Virus? Ich dachte, er will uns den Sauerstoff abdrehen ...«

»Das war nur ein Ablenkungsmanöver«, rief Tim dazwischen.

»Wir melden uns später wieder ... oder gar nie mehr!«, beendete Bob das Gespräch, weil die Lautsprecherstimme schon bei zwanzig angekommen war. »Ende und raus.«

Bob nahm den Helm ab und zog sich die dicken Raumfahrerhandschuhe aus, um sich den Mikrokopfhörer aus dem Ohr zu pulen.

»Hältst du das für eine gute Idee?«, fragte Tim besorgt.

»Wenn wir mit der Rakete in die Luft fliegen, und damit meine ich, richtig in die Luft fliegen, nützen uns diese Salatschüsseln auf den Köpfen auch nichts. So haben wir wenigstens absolute Ruhe vor Snyder und unserer zauberhaften Chefin.«

»Stimmt auch wieder.« Tim nahm seinen Helm ebenfalls ab und zog sich die Kopfhörer aus dem Ohr.

»10 ...«

»9 ...«

»8 ...«

Bob griff nach Tims Handschuh und drückte ihn. Tim erwiderte die Geste seines Freundes.

»In den dicken Stiefeln da kriegst du wenigstens keine kalten Füße«, sagte Bob und grinste aufmunternd.

»Oh, ein Wortspiel! Keine Sorge, ich habe nicht die Absicht, zu kneifen. Außerdem ist mir nicht mehr kalt, und es ist durchaus zu befürchten, dass es hier gleich sogar ein bisschen zu heiß werden wird.« Tim bemühte sich ebenfalls um ein Grinsen.

»3 ...«

»2 ...«

»1 ...«

»0.«

Ein leichtes Vibrieren kündigte die bevorstehende Zündung der ersten Raketenstufe an. Bob und Tim schlossen die Augen. Kurz darauf spürten sie die Explosion. Die Rakete stieg in die Luft und nahm stotternd Kurs Richtung Universum.

Kapitel Zwanzig Der Blick aufs Ganze

Vorsichtig öffnete Tim die Augen. Soweit er das beurteilen konnte, hatte Bob nicht gelogen. Durch die Scheibe sah er eine flauschige weiße Wolkenschicht, die schnell unter ihnen zurückblieb. Den Start hatten sie anscheinend überlebt, und das war mehr, als er erwartet hatte.

»Wusstest du eigentlich, dass die Engländer für den Himmel zwei verschiedene Wörter haben. ›Heaven‹ ist der Himmel, in dem Gott mit seinen Engeln und Heiligen leben soll. Und ›sky‹ nennen sie den mit den Wolken und Sternen«, sagte Tim.

»Schön, dass es dir wieder besser geht«, erwiderte Bob.

»Wieso?«

»Na, weil du schon wieder anfängst, klugzuscheißern.«

»Mir ging es die ganze Zeit gut.«

»Von wegen.« Bob lachte.

»Meinst du etwa, ich hätte Schiss gehabt?«

»Nein, wie kommst du denn darauf?!«

»Als wenn du keinen Schiss gehabt hättest!«

»Okay, wir hatten beide Schiss. Einverstanden?«

»Einverstanden«, antwortete Tim. »Aber nun ist ja alles gut. Der Start liegt hinter uns, jetzt kann nicht mehr viel passieren.«

»Wer sagt das?«, wollte Bob wissen.

»Na, der, der den Countdown runtergezählt hat«, erklärte Tim.

»Der hat auch gesagt, dass das hier alles dem allerneuesten Stand der Technik entspricht«, entgegnete Bob und zeigte auf ein altmodisches Thermometer, das am Armaturenbrett der Rakete hing und dessen Quecksilberanzeige konstant fünf Grad minus anzeigte, obwohl die Jungs die Temperatur im Cockpit eher als warm empfanden.

»Was klappert da eigentlich die ganze Zeit?«, fragte Tim.

»Welches Klappern meinst du?«, fragte Bob zurück. »Ich kann hier mindestens zehn verschiedene Klapper-, Klimper-, Rassel- und Scheppergeräusche unterscheiden. Das war ja in einer Rakete wie dieser auch nicht anders zu erwarten.«

»Und das ist nicht gefährlich?«

»Gefährlich wird es erst, wenn es laut BUMM macht. Aber dann ist es eh zu spät, also entspann dich und schlaf noch eine Runde. Wer weiß, was uns da oben in der ISS erwartet.«

Bob löste den Sicherheitsgurt und kniete sich auf den Boden der Rakete.

»Was machst du da?«, wollte Tim wissen.

»Ich suche nach einer Steckdose für den Atomisator.«

»Und?«

»Hier ist eine, wahrscheinlich für den Staubsauger der Putzfrau. Leider passt der Stecker nicht.«

Bob tauchte wieder auf und zog den Dolch des Prinzen aus der Tasche. Er ließ die Klinge aufklappen und benutzte sie als Schraubenzieher, um eine Verschlussklappe am Armaturenbrett abzuschrauben.

»Und was soll das jetzt bitte schön werden, wenn es fertig ist?«, erkundigte sich Tim.

»Wozu brauche ich einen Stecker, wenn ich mir den Strom auch woanders herholen kann«, erwiderte Bob, der die Schrauben bereits gelöst hatte und die Abdeckung zur Seite schob. Darunter kam ein Gewirr von Kabeln und Leitungen zum Vorschein, aus denen Bob zwei auswählte. Dann entfernte er den Stecker des Atomisators und verband die Kabel mit dem Gerät.

»Ich hoffe, du weißt, was du da tust«, bemerkte Tim skeptisch.

»Vertrau mir einfach und genieß die Aussicht«, entgegnete Bob, ohne von seiner Arbeit aufzusehen.

Sie waren jetzt schon so hoch, dass Tim die Krümmung der Erde deutlich erkennen konnte. Unter ihnen lag ein Meer, wahrscheinlich der Atlantik, nahm er an.

»Das musst du dir angucken! Der Ausblick von hier oben ist einfach atemberaubend.«

»Übertreib mal nicht«, sagte Bob. »Dieser Raketenausflug ist auch nicht viel anders als eine Tour mit einem der Suburb-Shuttles des S.W.A.P. Nur eben nicht unter, sondern über der Erde. Zugegeben, sehr weit über der Erde.«

»Du hast ja keine Ahnung! Von hier oben kann man sich gar nicht vorstellen, dass es dort unten auf der Erde Menschen wie den Baron gibt.«

»Der ist ja auch nicht da unten, der kreist hier irgendwo im All rum.« Bob war mit seiner Arbeit fertig und legte den mit den Kabeln verbundenen Atomisator vor sich auf dem Boden ab.

»Und das funktioniert?«, fragte Tim.

»Klar doch«, antwortete Bob und zeigte auf die Akkuanzeige, die bereits langsam von Rot auf Dunkelorange wechselte. »Hast du Hunger? Also, ich habe Hunger! Hier muss es doch irgendwo etwas zu essen geben.«

Während Bob sich auf die Suche machte, genoss Tim weiter das Panorama, das sich ihm bot. Je höher sie flogen, desto großartiger wurde der Blick auf die Erde, die aus der Ferne einfach nur wunderwunderschön aussah.

»Schade, dass Hoka das nicht sehen kann«, sagte er, ohne sich zu Bob umzudrehen, der hinter ihm in den Schränken kramte. »Der Blick auf unsere gute alte Erde würde ihr bestimmt gefallen. Aber Israel soll ja auch ganz hübsch sein.«

»Und das Essen ist da bestimmt auch besser. Hier gibt es nur Tubenfutter«, entgegnete Bob. »Magst du lieber Currywurst oder Pizza Tonno? Schmeckt aber wahrscheinlich eh alles gleich. Also sag schon, was …«

Bob brach den Satz in der Mitte ab und starrte auf den Atomisator, der sich langsam in die Luft erhob, bis die Kabel, mit denen er verbunden war, straff gespannt waren.

»Schön für dich«, sagte Tim und zog den Sicherheitsgurt noch ein bisschen enger. »Da wird einem schlecht bei, wenn man das nicht gewöhnt ist. Das habe ich mal in einem Buch über die Raumfahrt gelesen, und wenn du dann spucken musst, schwebt das ganze Zeug wie eine gelbgrüne Wolke hier durch das Cockpit. Ohne mich!«

»Spielverderber! Los, mach den Mund auf.«

»Warum?«

»Weil die Pizza fertig ist. Achtung, die kommt jetzt ganz heiß aus dem Ofen!«

Bob drückte aus der Tube ein Stück graue Thunfischpizzapaste, das durch die Kabine schwebte, als wäre es ein fliegender Regenwurm. Dasselbe wiederholte er mit der Currywursttube und versuchte dann mit offenem Mund, die rote Paste wieder einzufangen. Als er sie fast hatte, verlor er mit den Füßen den Kontakt zum Boden. Der Schwung, mit dem er nach der Wurstpaste geschnappt hatte, sorgte dafür, dass er das Gleichgewicht verlor und in Zeitlupe einen Salto drehte.

»Wie cool!«, brüllte Bob, als er sich langsam um sich selbst drehte, und dann: »★☢✲☠≋#🗡!«

Er war mit dem Kopf gegen die Decke des Cockpits gestoßen. Doch der Schmerz ließ schnell wieder nach, und Bob begann damit, in der Luft Pirouetten, Überschläge und andere akrobatische Tricks auszuprobieren, die unter dem Einfluss der Schwerkraft auf der Erde völlig unmöglich waren.

Tim sah seinem Freund amüsiert zu und öffnete die Lippen, als die Paste mit der Thunfischpizza direkt vor seinem Gesicht vorbeischwebte. Er musste die Hand zu Hilfe nehmen, um die Creme zu fassen zu kriegen und in den Mund zu stecken. Die Paste schmeckte besser, als er erwartet hatte. Abgesehen davon, dass Tim seine Pizza am liebsten mit knackigem Rand und Boden aß, war es der beste pürierte Teigfladen mit Thunfischbelag, den er jemals gegessen hatte.

»Ist noch was von der Pizzapaste da?«, fragte Tim.

»Klar, aber die musst du dir schon holen kommen.« Bob schwebte lachend kopfüber durch die Kapsel und hielt die Tube so, dass sein

Freund sie von seinem Sitz aus nicht erreichen konnte. »Mach schon, das ist besser als Gleitschirmfliegen.«

Tim schnallte den Gurt los, weil die schwerelosen Stunts seines Freundes tatsächlich nach einer Menge Spaß aussahen. Er stieß sich mit den Füßen vom Boden ab und flog durch die Kapsel auf Bob zu. Schon nach dem ersten Meter wurde ihm klar, dass die Schwerelosigkeit mindestens so cool war, wie sie aussah. Übel wurde ihm auch nicht – es war einfach nur der reine Wahnsinn, sich federleicht durch den Raum bewegen zu können, auch oder gerade weil sich Oben und Unten, Rechts und Links ständig veränderten. Eine kleine Berührung an einer der Wände reichte den Jungs aus, um ihre Richtung zu ändern, und wenn keine Wand in der Nähe war, brauchten sie nur eine schnelle Armbewegung zu machen, um den Kurs zu wechseln. Für einen Moment vergaßen die beiden Jungs vor lauter Spaß sogar, warum sie hier oben im Weltall unterwegs waren. Baron von Funeral und sein Virencocktail, der S.W.A.P. und auch Hoka Hay spielten keine Rolle mehr.

»Alles hat eine Ende, nur Schokoriegel haben zwei«, sagte Bob und nahm Kurs auf seinen Pilotensitz.

»Ich will hier ja nicht schon wieder klugscheißern, aber eigentlich sagt man ›Wurst‹ und nicht ›Schokoriegel‹. Korrekt heißt es: Alles hat ein Ende, nur die Wurst hat zwei.« Tim folgte Bob zurück zu ihren Sitzen, indem er mit den Armen ruderte, als würde er durch einen Swimmingpool paddeln.

»Schokoriegel haben auch zwei Enden, ist also völlig egal, was man sagt. Und ich mag Schokoriegel nun mal lieber als Wurst.« Bob legte den Gurt an. Tim wollte noch etwas erwidern, ließ es aber sein, weil er sich darauf konzentrieren musste, punktgenau auf seinem Sitz zu landen.

Als beide Jungs wieder ordentlich angeschnallt waren, konnten sie die ISS durch das Fenster vor ihnen schon ganz deutlich im All schweben sehen.

»Ist die eigentlich bewohnt?«, wollte Bob wissen.

»Klar, die ist immer mit ein paar Leuten besetzt, die dort forschen und die Stellung halten«, antwortete Tim.

»Warum lassen die denn dann nichts von sich hören? Die müssten uns doch kommen sehen.« Bob blickte zu Tim. »Und überhaupt: Die Russen haben sich auch noch nicht ein Mal gemeldet, seitdem wir abgehoben sind. Das ist irgendwie komisch, oder?«

»Was soll daran komisch sein? Bestimmt ist die Verbindung unterbrochen, weil da unten oder bei uns irgendwas kaputtgegangen ist.« Tim lauschte. »Das Klappern, Scheppern und Rasseln ist schließlich auch immer noch da.«

Durch die Scheibe betrachteten die Jungs die immer näher kommende Raumstation. Sie sah aus wie ein Hundeknochen, der abgenagt durch das Universum trieb.

»Musst du nicht irgendwas tun? Ein Andockmanöver einleiten oder so etwas Ähnliches?«, erkundigte sich Tim.

»Nö.«

»Wie ›nö‹?«

»›Nö‹ wie, ich muss gar nix tun.«

Das Andocken wird von der Bodenstation aus gesteuert.
Und was ist, wenn du auf den Knopf da drückst?
POCK
Das sind alles nur Attrappen, habe ich doch schon gesagt. Pass auf, ich beweis es dir!
TÜTÜTÜÜÜ
Von wegen Attrappen. Jetzt stell endlich die verdammte Sirene aus!
Finger weg von den Knöpfen! Sonst komme ich da hoch, so wahr ich Hoka Hay heiße!

KAPITEL EINUNDZWANZIG
WELTRAUMFRIEDHOF

»Hoka? Was machst du denn im Kontrollzentrum?«, fragte Bob, und Tim ergänzte: »Wir dachten, du bist in Israel.«

»Falsch gedacht«, erwiderte das Ninja-Mädchen und betrachtete gelangweilt einen Atomisator, den sie in ihrer rechten Hand hielt. Ihr Bild war auf dem Monitor aufgetaucht, auf dem vor dem Start das Video mit den Sicherheitshinweisen gelaufen war. »Ich hocke hier unten in Baikonur und halte euch den Rücken frei. Also tut mir einen Gefallen und fasst keine Knöpfe mehr an, bis ich euren Kurs wieder stabilisiert habe.«

Als Hoka Hay zu Ende gesprochen hatte, verstummte die Sirene. Kurz darauf hörte auch das Schlingern auf, und ihre Kapsel bewegte sich wieder in direktem Kurs auf die Raumstation zu.

»Ihr könnt ruhig mal Danke sagen, dass ich euch Verrätern den Arsch gerettet habe. Und eine dicke Entschuldigung wäre auch noch fällig, das ist ja wohl klar.«

»Aber ...«, versuchte Bob sie zu unterbrechen.

»Kein Aber! Ihr habt mich nach Israel geschickt, damit ihr den ganzen Spaß im All nicht mit mir teilen müsst. Snyder hat sich bei mir auch schon ausgeheult. Wusste übrigens gar nicht, dass du auf Mädchenklamotten stehst, Miss Bob.«

»Aber ...«, rief Bob ein zweites Mal dazwischen, während er gleichzeitig nach der Kamera suchte, die sein Bild in dem figurbetonten Damenanzug aus ihrer Kapsel ins Kontrollzentrum sendete.

»Mir ist völlig egal, ob du gern Kleider anziehst. Von mir aus kannst du auch ein Pandakostüm tragen, wenn es dir gefällt. Obwohl – das hast du ja schon, damals in Peking.« Hoka Hay kicherte, und Bob schwieg beschämt, weil er sich nur ungern an den Auftritt der Jungs als Maskottchen beim Eröffnungsspiel der Fußballweltmeisterschaft erinnerte.

»Wir denken ja gar nicht dran, uns bei dir zu bedanken oder zu entschuldigen«, mischte sich Tim ein, um seinem Freund zur Seite zu springen. »Du hast uns auch schon oft genug übers Ohr gehauen. Erzähl uns lieber, wie du uns gefunden hast.«

»Ihr wisst doch, dass S.W.A.P. 0815 kein Geheimnis für sich behalten kann. Eigentlich wollte ich nur wissen, wie es Snyder geht, aber der gute alte Otto hat mir sofort ausführlichst berichtet, wo ihr gerade steckt. Ich habe es leider trotzdem nicht mehr rechtzeitig geschafft. Um fünf Minuten habe ich euren Start verpasst. Pech für mich, Glück für euch. Die Russen wollten euch nämlich schon wieder zurückholen, als sie spitzgekriegt haben, dass ihr als blinde Passagiere an Bord seid.«

»Wie das denn?«, wollte Tim wissen.

»Wie sie es gemerkt haben oder wie sie euch zur Landung zwingen wollten? Du musst dich schon präziser ausdrücken, wenn du etwas wissen willst, *Big Brain*!«

»Beides«, brummte Tim.

»Na, geht doch«, entgegnete Hoka Hay. »Bemerkt haben sie es, weil sich ihre richtigen Kosmonauten von einer Tankstelle irgendwo in Finnland gemeldet haben. Und zur Landung zwingen wollten sie euch eigentlich nicht direkt. Sie wollten euch abschießen. Sie hatten Angst, dass ihr Terroristen seid. Ich habe sie beruhigt und ihnen erklärt, dass ihr beide nur zwei treuherzige Kerlchen seid, etwas naiv, aber nicht weiter gefährlich. Eigentlich sogar ganz süß und dabei harmloser als ein Meerschweinchen unter Vollnarkose.«

»Und deswegen haben sie darauf verzichtet, uns abzuschießen?«, erkundigte sich Bob.

»Natürlich nicht. Darauf haben sie verzichtet, weil sie Angst vor dem Atomisator haben, mit dem ich sie seitdem in Schach halte. Ihr könnt wirklich froh sein, dass ihr da oben in einem gigantischen Funkloch hockt – zumindest, was das Netz des S.W.A.P. angeht. Snyder und die Chefin toben vor Wut. Habt ihr sie bei eurem letzten Gespräch wirklich einfach so abgewürgt? Das war echt nicht nett. Und jetzt will ich zur Abwechslung auch mal was von euch hören.«

Bob und Tim schauten sich an, dann nickten sie sich unmerklich zu und sagten fast gleichzeitig: »Danke!«

»Das auch, aber eigentlich wollte ich wissen, was ihr als Nächstes vorhabt«, bemerkte Hoka.

Das Gesicht des Ninja-Mädchens verschwand vom Bildschirm. Dafür erschien dort ein gelbes Smiley, und aus den Lautsprechern tönte langweilige Aufzugsmusik. Tim vermutete, dass das freundliche Smiley und die einlullende Melodie in Krisensituationen entspannend wirken sollten. Bei ihm hatte es genau die gegenteilige Wirkung.

»Wieso muss sie sich konzentrieren, wenn sie das schon tausend Mal gemacht hat? Da stimmt doch was nicht!« Tim beobachtete beunruhigt, wie die ISS größer und größer wurde, weil sie in ihrer Rakete mit hoher Geschwindigkeit auf die Raumstation zurasten.

»Mir ist es lieber, wenn sie sich beim Andocken konzentriert, auch wenn sie das schon hunderttausend Mal gemacht hat.« Bob bemühte sich, möglichst unbesorgt zu klingen. Doch Tim konnte genau sehen, dass sich auch auf seiner Stirn Schweißperlen sammelten. Als wollte sie die Jungs absichtlich ein wenig zappeln lassen, wartete Hoka Hay bis zum allerletzten Moment, ehe sie von der Bodenstation aus den Bremsvorgang einleitete und die Rakete in einem sanften Bogen um die ISS herumsteuerte .

»Pah, das hätte Bob auch geschafft«, entgegnete Tim.

»Stimmt, dein Andockmanöver war einfach perfekt. Hätte ich auch nicht besser hingekriegt«, lobte Bob.

»Elender Schleimer«, zischte Tim ihm zu.

»Wir melden uns wieder ...«, fuhr Bob unbeeindruckt fort, »... sobald wir von Funeral aus dem Verkehr gezogen haben. See you later!«

Noch bevor Hoka Hay etwas erwidern konnte, drückte Bob einen Knopf und schaltete den Monitor aus.

»Man kann das Ding abschalten?« Tim sah seinen Freund überrascht an.

»Klar, man muss nur wissen, wo man drücken muss.« Bob zeigte auf einen Knopf mit einem durchgestrichenen Bildschirm und einem ebensolchen Lautsprecher.

»Und wieso mussten wir uns dann die ganze Zeit dieses Gedudel anhören und auf diesen albernen gelben Smiley starren?«

»Ich dachte, es würde dich beruhigen. Du wirktest ein wenig angespannt.« Bob griff nach einem der Helme, der dicht an seiner Nase vorbeischwebte. »Und jetzt lass uns los, sonst schalt ich Radio-kein-Grund-zur-Sorge wieder auf Sendung.«

»Ich mache alles, was du willst, aber verschon mich mit dem Gedudel«, stöhnte Tim.

»Dann schnapp dir deinen Helm und lass uns den Job zu Ende bringen.«

»Wozu den Helm?«

»Sicher ist sicher.«

»Da hast du sicher recht.«

»Aber sicher doch.«

Die Jungs setzten ihre Helme auf, lösten die Sicherheitsgurte und schwebten auf die Luke zu, die ihre Kapsel mit der ISS verband.

Tim sah seinem Freund dabei zu, wie er die Verriegelung löste und die runde Verschlussklappe öffnete. Dahinter lag eine Schleuse, an deren Ende sich eine zweite Luke befand, die in die ISS hineinführte.

»Meinst du, die erwarten uns schon?«, fragte Bob, als sie hinüberschwebten. »So mit Begrüßungsrede, Kinderchor und Blumen?«

»Überraschen werden wir sie wohl kaum. Ist ja nicht so leicht, sich im Weltraum anzuschleichen. Es gibt einfach viel zu wenig Bäume, Hecken und Sträucher, um sich dahinter zu verstecken.«

»Es wundert mich nur immer noch, warum die noch keinen Funkkontakt mit uns aufgenommen haben«, sagte Bob.

»Vielleicht hat der Baron es ihnen verboten«, entgegnete Tim.

»Möglich, aber weißt du, was mich beruhigt?«

»Nein, sag's mir.«

»Dass der Baron diesmal ganz auf sich allein gestellt ist. Die Raumstation ist winzig, da ist gar kein Platz für seine Privatarmee.«

»Die braucht er diesmal auch gar nicht. Er hat eine Million gefährlicher Viren dabei, die für ihn kämpfen. Die sind viel billiger als seine Aushilfssoldaten«, erklärte Tim.

»Und deswegen haben wir ja sicherheitshalber auch diese Dinger hier auf.« Bob klopfte gegen Tims Helm. »Und jetzt lass uns endlich da reingehen.«

»Nur die Harten kommen in den Garten«, murmelte Tim, als Bob die zweite Luke öffnete.

»Und die Zarten müssen warten«, ergänzte Bob, der sich vor seinem Freund in den menschenleeren Gang hinter der Einstiegsluke zwängte.

»Kein Empfangskomitee«, bemerkte Tim.

»Vielleicht sind die gerade auf dem Klo?«

»Alle gleichzeitig? Zusammen mit dem Baron?« Tim schüttelte ungläubig den Kopf.

Die Jungs benutzten die Haltegriffe, die sich rechts und links an der Wand befanden, um schneller voranzukommen. Weil es so eng war, konnten sie sich nur hintereinander bewegen. Bob hielt den Atomisator in der rechten Hand und schwebte vorneweg. Tim blieb dicht hinter seinem Freund und blickte immer wieder über die Schulter, um zu verhindern, dass sich von Funeral unbemerkt an sie heranschlich.

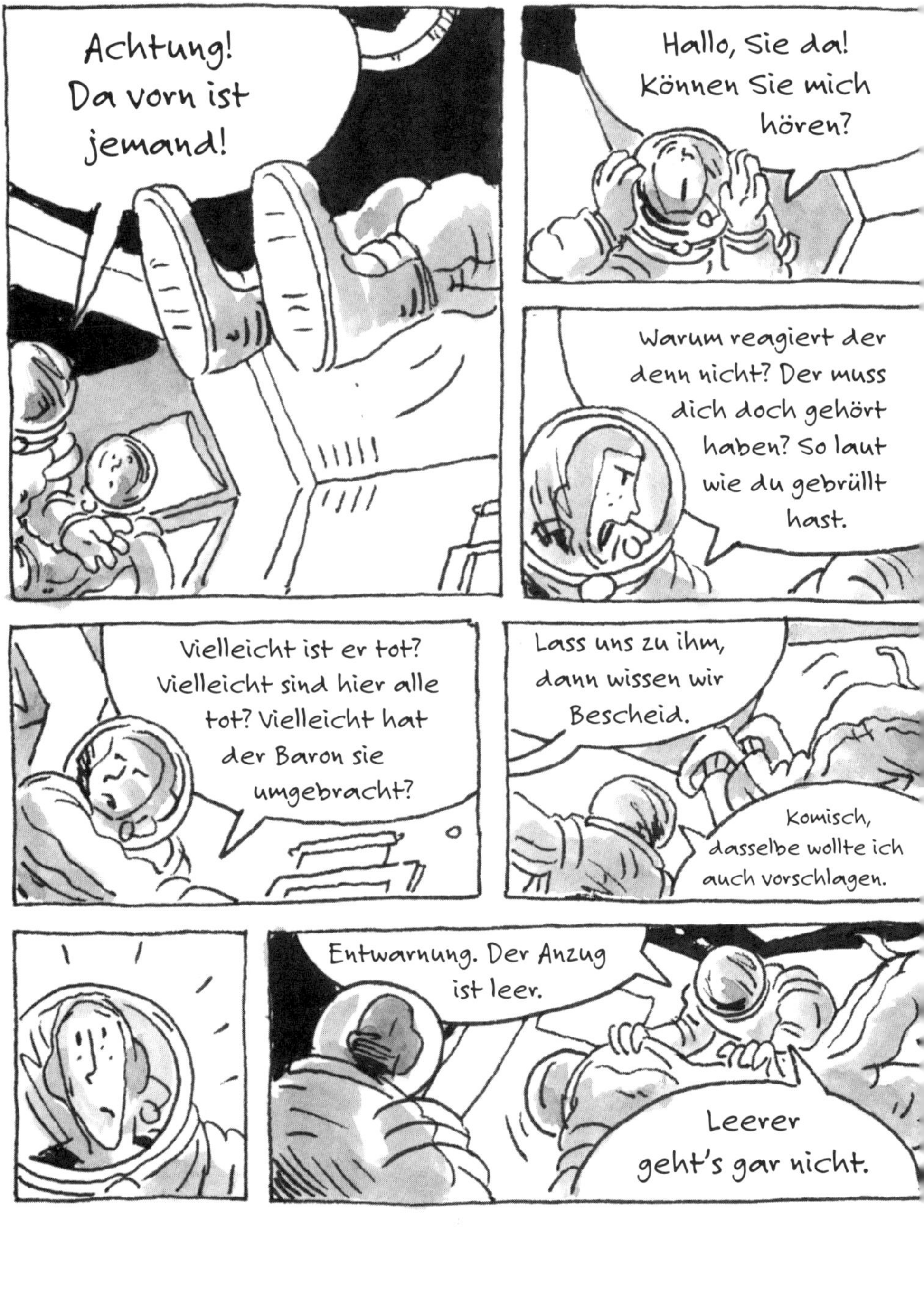
Achtung! Da vorn ist jemand!
Hallo, Sie da! Können Sie mich hören?
Warum reagiert der denn nicht? Der muss dich doch gehört haben? So laut wie du gebrüllt hast.
Vielleicht ist er tot? Vielleicht sind hier alle tot? Vielleicht hat der Baron sie umgebracht?
Lass uns zu ihm, dann wissen wir Bescheid.
Komisch, dasselbe wollte ich auch vorschlagen.
Entwarnung. Der Anzug ist leer.
Leerer geht's gar nicht.

KAPITEL ZWEIUNDZWANZIG
VIRUS AN BORD

»Irgendwas ist hier oben oberfaul«, sagte Tim.

»Glaubst du, dahinter steckt der Baron?«, fragte Bob.

»Nein, der Mann im Mond. Was glaubst du denn?!«

»Das ist nicht der richtige Moment für deine Scherze!«

»Für dumme Fragen aber auch nicht. Klar steckt von Funeral dahinter, wer denn sonst?« Tim wollte sich an sein Ohrläppchen fassen, um besser nachdenken zu können. Erst als seine Hand an das Glas stieß, erinnerte er sich daran, dass Bob und er ja wieder ihre Helme trugen. »Lass uns lieber weitersuchen! Irgendwo muss die Besatzung ja sein, und vielleicht kann uns dann endlich jemand sagen, was hier eigentlich los ist.«

»Vielleicht hören die alle gerade laut Musik und haben uns deswegen nicht gehört.«

»Aber die hätten uns doch sehen müssen.«

»Vielleicht gucken die gerade alle einen spannenden Film und haben uns deswegen nicht gesehen. Könnte doch sein, oder?«, überlegte Bob.

»Klar könnte das sein, ist aber ungefähr so wahrscheinlich wie eine Herde rosa Einhörner, die hier gleich vorbeigaloppiert und uns noch einen schönen Tag wünscht«, erwiderte Tim.

»Aber man sagt doch: *Das Universum ist unendlich, und nichts ist unmöglich.*«

»Wer sagt das?«

»Na, ich.«

»Wow! Hast du den Spruch irgendwo in einem Buch gelesen oder dir gerade selber ausgedacht?«

»Ich lese keine Bücher, das weißt du doch.«

»Respekt, so einen klugen Gedanken hätte ich dir gar nicht zugetraut. *Das Universum ist unendlich, und nichts ist unmöglich.* Du überraschst mich immer wieder, echt!«

»Ja, zum Beispiel gleich mit einem linken Haken, wenn du dich weiter über mich lustig machst.« Bob schob den schwebenden leeren Raumanzug vorsichtig zur Seite, damit die Jungs an ihm vorbeikonnten. »Sag mir lieber, wo der Baron und die Besatzung stecken.«

»Keine Ahnung, aber ich bin mir ziemlich sicher, wir werden sie finden, wenn wir uns hier ein bisschen umschauen.«

»Das kann ja nicht so schwer sein.« Bob stieß sich mit dem Fuß an der Wand ab. »So groß ist der Laden schließlich nicht, und weg können sie ja schlecht.«

»Schwer ist hier gar nichts, schließlich befinden wir uns in der Schwerelosigkeit.«

»Die Witze-Jury vergibt null Punkte.« Bob verdrehte die Augen und schwebte durch den Gang auf einen größeren Raum zu.

»Ich fand den eigentlich ganz gut«, entgegnete Tim. »Aber du hast recht, was den Baron angeht. So viele Möglichkeiten, sich hier zu verstecken, gibt es für ihn nicht. Lange werden wir ganz sicher nicht nach ihm suchen müssen.«

»Wie viele Leute arbeiten hier eigentlich?« Bob drehte sich zu Tim herum, der dicht hinter ihm war. Auch Tim hatte Schwung geholt, indem er sich mit der Hand an einer Querstrebe des Verbindungsmoduls abgestoßen hatte. Es war wie Schwimmen, nur leichter, fand er, weil man überhaupt nichts zu tun brauchte, um voranzukommen. Er fühlte sich wie der Samen einer Pusteblume, der vom Wind durch die Luft getrieben wurde. Solange er nirgendwo hängen blieb, würde selbst der kleinste Anschubser ausreichen, um für alle Zeiten immer weiter und weiter durch das Weltall zu schweben.

»Hallo, Tim! Hier Erde! Ich habe dich was gefragt!«, unterbrach Bob die Gedanken seines Freundes.

»Von wegen Erde … Was wolltest du wissen?«

»Wie groß die Besatzung der ISS ist?«

»Ursprünglich waren es sechs, und ich hoffe, daran hat der Baron nichts geändert«, erwiderte Tim und zeigte nach vorn, wo ein weiterer leerer Raumanzug den Eingang zum Schlafmodul der Raumstation versperrte.

Wo stecken die bloß alle? Ich find das nicht mehr lustig.
Schau doch mal, das müssen die privaten Dinge der Astronauten sein.
Das Plattencover mit dem Dreieck und den Strahlen kenne ich. Das hat mein Vater auch. Die Schallplatte heißt »The Dark Side of the Moon.«
Kannst du mir sagen, wo die sich alle versteckt haben? Die müssen doch hier alle irgendwo sein.

»Bin ich Hellseher?«, erwiderte Tim.

»Leider nicht, denn dann säße ich jetzt gemütlich zu Hause vor dem Fernseher. Wenn du mir nämlich vorher gesagt hättest, was uns hier oben erwartet, wäre ich bestimmt nicht mitgekommen.«

»Hätte, hätte, Lichterkette! Klar wärst du mitgekommen. Hey, du bist hier in der ISS! Das kann nicht jeder von sich sagen. Da würden einige Technikfreaks wie du bestimmt eine Menge Kohle für auf den Tisch legen.«

»Ja, durchgeknallte Typen und völlig durchgeknallte Typen«, brummte Bob.

»Sag ich doch, Typen wie du! Und jetzt lass uns weiter den Baron und die Besatzung suchen ...«

Die Jungs verließen den Schlafraum durch ein anderes Verbindungsmodul. Nach ein paar Metern hielt sich Bob, der wieder die Führung übernommen hatte, an einem Griff fest.

»Hörst du das auch?«

»Nein, was denn?«, fragte Tim.

»Da spricht doch jemand.«

Tim lauschte, und jetzt hörte er es auch – die Stimme eines Mannes, irgendwo vor ihnen. Was er sagte, konnte Tim nicht verstehen, aber er schien unaufhörlich dieselben Sätze zu wiederholen.

»Stimmt, da ist jemand. Ich denke, wir sollten ihm freundlich Guten Tag sagen. Das gehört sich ja wohl so, wenn man irgendwo zu Besuch ist.«

»Und woher wissen wir, ob unser Besuch überhaupt erwünscht ist?«, fragte Bob skeptisch.

»Hier oben hat man nicht so viel Besuch. Da freut man sich über jeden, der vorbeischaut. Wenn er nicht gerade von Funeral heißt.«

Bob griff nach seinem Atomisator, während er sich vorsichtig auf den Raum zubewegte, der am Ende des Ganges lag.

Es war die Schaltzentrale der ISS und das letzte Modul, das die Jungs noch nicht durchsucht hatten. Von dort aus wurde die Technik gesteuert und der Kontakt zur Bodenstation gehalten. Es war das Herz der Raumstation, das erkannte Bob auf den ersten Blick.

»Alles unter Kontrolle, alles im grünen Bereich, alles super. Alles unter Kontrolle, alles im grünen Bereich, alles super. Alles unter Kontrolle, alles im grünen Bereich, alles super. Alles unter Kontrolle, alles im grünen Bereich, alles super. Alles unter Kontrolle, alles im grünen Bereich, alles super ...«

Die Stimme tönte aus einem Lautsprecher, der sich an der Decke des Zentralmoduls befand. Die Wand, die dem Eingang gegenüberlag, war vollständig mit Monitoren, Schaltern, Knöpfen und Tastaturen übersät und sah aus wie eine Riesenversion der Schalttafel in der Raketenkapsel, mit der die Jungs an der ISS angedockt hatten. Davor waren drei Sessel mit hohen Rückenlehnen im Boden verankert. Auf dem mittleren saß ein behelmter Kosmonaut in seinem Raumanzug und drehte ihnen den Rücken zu.

Bob deutete mit dem Atomisator auf den Sitz und formte dabei mit dem Mund die Frage »Der Baron?«. Tim schüttelte nur den Kopf und ging auf den Mann zu, der ruhig auf seinem Platz hockte, ohne sich um den Besuch hinter ihm zu kümmern. Als Tim ihn erreichte, sah er, dass der Anzug genauso leer war wie die anderen, die sie gefunden hatten.

»Kannst du uns mit der Bodenstation verbinden?« Tim drehte sich zu Bob um.

»Ist er auch ...?«

»Ja, der ist auch leer«, erwiderte Tim. »Wir müssen dringend mit Hoka reden. Vielleicht hat sie Neuigkeiten für uns.«

»Kleinigkeit, ich muss nur das Tonband abstellen.« Bob, der Tim gefolgt war, drückte einen Knopf auf dem Schaltpult, und die Stimme aus dem Lautsprecher verstummte.

»Das war bestimmt ein Trick des Barons, damit die unten denken, hier oben wäre alles okay«, erklärte Tim.

»Was für eine dämliche Idee! Das ist doch total verdächtig, wenn jemand ständig wiederholt, dass alles unter Kontrolle, im grünen Bereich und super ist.«

»Hat ja auch keiner behauptet, dass von Funeral besonders klug ist. Böse ja, aber klug?«

»Immerhin ist er clever genug, sich hier irgendwo vor uns zu verstecken«, entgegnete Bob.

»Oder sich rechtzeitig aus dem Sternenstaub zu machen.« Tim betätigte die Sprechtaste. »Hoka Hay, hörst du uns? Hoka?!«

»Genau, von Funeral hat hier ein bisschen rumexperimentiert, wahrscheinlich um die Wirkungsweise zu testen. Zum Glück hat es die Besatzung rechtzeitig bemerkt und sich mit der Rettungskapsel abgesetzt«, erklärte Tim.

»Aber wieso haben die keinen Hilferuf an die Zentrale gesandt?«, fragte Hoka Hay.

»Weil der Baron ihnen die Verbindung gekappt und anschließend die ›Alles ist super‹-Endlosschleife eingelegt hat, damit unten auf der Erde niemand Verdacht schöpft. Dass wir noch am Leben sind, verdanken wir den Dingern hier und meiner Weitsicht, sie aufzuziehen.« Tim klopfte gegen das Visier seines Helms.

»Eigentlich war das ja eher meine Idee mit dem Helm«, widersprach Bob.

»Ist doch egal, wessen Idee das war. Hauptsache, wir leben noch.«

»Und wo steckt von Funeral jetzt?«, erkundigte sich Hoka Hay nach einer Pause.

»In der ISS jedenfalls nicht«, entgegnete Bob. »Wir haben alles nach ihm abgesucht.«

»Gibt es irgendwelche Raumschiffe, die gerade draußen im All unterwegs sind?«, fragte Tim.

»Das hier ist nicht Star Wars!«, erwiderte Hoka Hay. »Hier gibt es keine Hunderte von Raumkreuzern oder interstellaren Schlachtschiffen, die in den unendlichen Weiten des Alls hin und her flitzen. Obwohl ... wartet mal.«

Die Jungs hörten, wie das Ninja-Mädchen etwas in einen Computer eingab.

»Ich habe hier tatsächlich zwei Flugbewegungen. Das eine ist die Rettungskapsel, in der die Besatzung stecken muss. Die trudelt orientierungslos durchs All. Ist wahrscheinlich wieder was kaputtgegangen, inklusive der Funkverbindung. Aber das kriege ich hin, die kann ich per Fernsteuerung zurück auf die Erde holen. Und dann habe ich hier noch einen Raumtransporter, der hat die ISS verlassen, kurz bevor ihr angedockt habt.«

»Ich wette, mit dem Baron an Bord!«, sagte Tim.

»Das Teil hat Kurs auf den Mond genommen und dann ...«

»Was dann?«, riefen Bob und Tim ungeduldig.

»War es plötzlich weg. Vielleicht ist der Transporter explodiert und der Baron mit ihr. Das wäre doch prima!«, freute sich Hoka.

»Klar wäre das prima. Aber ich glaub nicht dran. Ich glaube eher, dass ...«

Weiter kam Tim nicht, weil hinter den Jungs plötzlich ein leises Quieken zu hören war.

KAPITEL DREIUNDZWANZIG
EXPLODIERENDE RATTEN

Das Quieken stammte von zwei Ratten, die schwerelos in einer Ecke der Schaltzentrale schwebten und die Jungs neugierig anstarrten.

»Diese grässlichen Viecher sind ja wirklich überall.« Bob schüttelte sich vor Ekel.

»Vielleicht waren das Forschungsratten. Vielleicht haben die Kosmonauten hier oben Experimente an denen durchgeführt«, sagte Tim, ohne auf Hoka Hays Bemerkung einzugehen.

»Aber warum hat der Virus sie dann nicht getötet?«, wollte Bob wissen.

»Wahrscheinlich sind sie immun dagegen. So wie damals bei der Pest. Wenn es uns alle mal nicht mehr gibt, Ratten wird es immer geben.«

»Und Kakerlaken!«

»Ja, Ratten und Kakerlaken. Schöne Vorstellung.«

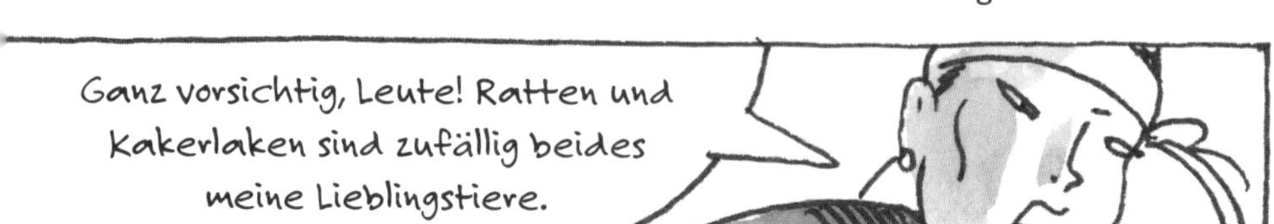

»Wir haben hier Haustiere, und die sind … sehr zutraulich«, antwortete Tim, weil die Ratten angefangen hatten, mit ihren Füßen zu strampeln. Sie paddelten in Augenhöhe der Jungs mit gebleckten Zähnen quer durch den Raum direkt auf sie zu. »Und ein bisschen gereizt sehen sie auch aus.«

»Ich hasse Ratten«, brummte Bob und nahm die beiden Nager mit dem Atomisator ins Visier. »Aber keine Sorge, das haben wir gleich! Gleich hat's sich ausgeratzt.«

Er wartete auf den Moment, in dem die Tiere so dicht nebeneinander schwebten, dass er bloß einen einzigen Schuss brauchen würde, um sie auf den Mars, die Venus oder den Mond zu schießen.

Bob hatte den Abzug voll durchgezogen und getroffen. Das hatten er und Tim genau gesehen. Trotzdem waren die Ratten immer noch da. Und sie waren größer und schneller geworden.

Im nächsten Augenblick prallten ihre dicken grauen Körper auch schon gegen die Helme der Jungs. Bob und Tim wurden durch den Aufprall nach hinten geschleudert und knallten mit dem Rücken hart gegen das Cockpit mit den Knöpfen und Schaltern.

Das Tonband sprang wieder an, und die Lautsprecherstimme verkündete: »Alles unter Kontrolle, alles im grünen Bereich, alles super! Alles unter Kontrolle, alles im grünen Bereich, alles super!«

»Hier sind Ratten an Bord!«, brüllte Bob.

»Klar sind da Ratten«, erwiderte Hoka unbeeindruckt. »Die sind doch überall. Genau wie Kakerlaken.«

»Aber das hier sind keine normalen Ratten«, rief Tim. »Die hier sind so groß wie Hunde.«

»Geht es auch ein bisschen präziser? Von was für Hunden redest du? Dackel, Terrier, Schäferhunde?«

»So mittelgroße ... nein, ich korrigiere mich, riesengroße. Die Ratten sind jetzt schon so groß wie Schafe, und sie werden immer größer«, schrie Tim.

»Dann benutzt doch euren Atomisator, statt euch bei mir auszuheulen«, forderte Hoka die Jungs auf.

»Haben wir schon, aber dadurch sind sie ja erst so groß geworden. Das mit dem Atomisieren scheint in der Schwerelosigkeit nicht ganz so reibungslos zu funktionieren wie auf der guten alten Erde.« Bob gab einer der beiden Ratten einen Tritt, der das Tier nach hinten wirbelte und den Jungs einen Moment Luft verschaffte.

»Dann habe ich nur noch einen Rat für euch«, rief Hoka Hay. »Wollt ihr ihn hören?«

»Klar wollen wir ihn hören!«, brüllte Bob zurück, und Tim ergänzte: »Aber nur, wenn er gut ist.«

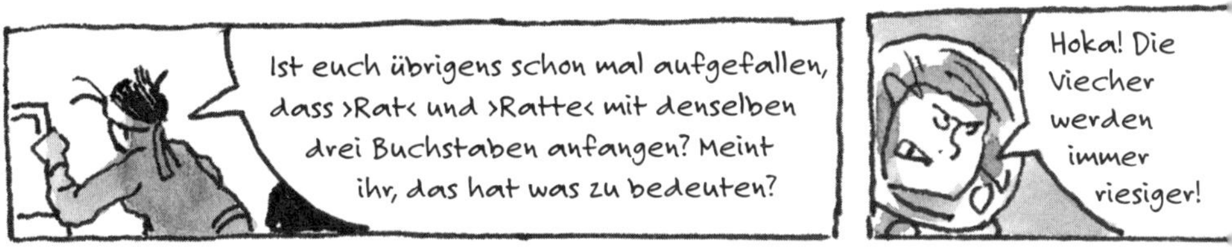

Bob starrte auf die Ratte, die er mit seinem Stiefel getroffen hatte und die nun wütend zu einem neuen Angriff ansetzte. Mittlerweile war sie so groß wie ein Kalb.

»Verpisst euch, so schnell ihr könnt, zurück in eure Kapsel!«, sagte Hoka Hay seelenruhig. »Bevor aus denen noch Mutantenratten werden.«

»Das ist alles, was du zu bieten hast?« Tim verdrehte die Augen. *»Verpisst euch?!«*

»Was hast du denn erwartet? Dass ich euch zwei Laserschwerter da raufbeame?« Hoka Hays Stimme klang beleidigt.

»Sie hat recht. Unter den gegebenen Umständen ist das wirklich der beste Rat, den wir kriegen können.« Bob drehte sich um und nahm Kurs auf den Verbindungstunnel, der zurück zu ihrer Rakete führte.

»Danke, Hoka! Du bist eine wahre Freundin und eine echte Hilfe!«, knurrte Tim, bevor er schnell seinem Freund folgte, weil die Zähne der beiden Ratten mittlerweile so lang und scharf wie Steakmesser waren.

»War mir ein Vergnügen, euch zu helfen!«, rief Hoka den Jungs hinterher. Danach war aus dem Lautsprecher nur noch das nervtötende »Alles unter Kontrolle, alles im grünen Bereich, alles super!« zu hören.

Die Jungs nahmen denselben Weg, den sie gekommen waren: durch das Verbindungsmodul zum Wohn- und Schlafraum der Kosmonauten und weiter bis zu der Schleuse, hinter der ihre Kapsel auf sie wartete. Die Ratten waren inzwischen so groß, dass sie in den engen Röhren nur noch langsam vorankamen, weil sie ständig rechts und links anstießen und an vielen Stellen sogar stecken blieben. Tim drehte sich ein paarmal nach ihnen um, und wenn ihn nicht alles täuschte, wuchsen sie immer noch, obwohl sie bereits die Größe von Elefantenbabys erreicht hatten.

»Mit dem Atomisator könnte man hier draußen im Universum glatt die Ernährungsprobleme der Erde lösen«, rief er Bob zu, als sie die rettende Schleuse fast erreicht hatten.

»Hast du keine anderen Probleme?«, wollte Bob wissen.

»Schon, aber wenn man hier oben ein Hähnchen mit dem Atomisator beschießt, würde es nicht nur einen, sondern hundert Menschen satt machen. Das wäre doch super, oder?«

»Ganz super! Ich werde dich für den Nobelpreis vorschlagen, falls wir jemals wieder auf die Erde zurückkommen.«

Bob machte sich bereits an der Luke zu schaffen. Er hatte gerade den Verschluss geöffnet, als die beiden Ratten am Ende des Gangs auftauchten. Mittlerweile füllten sie mit ihren fetten Körpern den schmalen Gang nahezu vollständig aus.

»Höchste Zeit, dass wir auf Hoka hören und uns hier verpissen.« Bob kletterte durch die Schleuse in die Kabine ihrer Rakete.

»Ich gebe dir nur ungern recht, aber dieses eine Mal – und das wird sich bestimmt niemals wiederholen – stimme ich dir voll und ganz zu«, sagte Tim und kroch hinterher.

»Ich dachte, du magst Ratten?!«

»Schon, aber nicht diese da.«

Als Tim die Luke hinter sich geschlossen hatte, schaute er noch einmal zurück. Durch die kleine runde Scheibe sah er die riesige Schnauze einer der beiden Ratten, der es gelungen war, sich bis zur Schleuse vorzuquetschen. Sie hatte ihr Maul weit aufgerissen und versuchte nach ihm zu schnappen. Für einen Moment befürchtete Tim, dass es dem Riesenviech gelingen würde, mit seinen Zähnen das Glas zu durchschlagen. Aber zum Glück hielt die Scheibe dem wütenden Angriff stand, und Tim nahm beruhigt neben Bob auf dem zweiten Pilotensitz Platz.

»Eigentlich waren die ja doch ganz süß, nur halt ein bisschen groß«, bemerkte Tim.

»Die waren alles: eklig, hinterhältig und fett, aber ganz sicher nicht süß«, erwiderte Bob, der die Systeme der Kapsel hochfuhr und auch den Lautsprecher wieder einschaltete, um Kontakt zu Hoka aufnehmen zu können. »Und jetzt erzähl mir lieber, was das für ein Geistesblitz war, von dem du erzählen wolltest, als dich diese mutierten Ratten unterbrochen haben.«

»Da waren es ja noch gar keine Mutantenratten. Dazu wurden sie ja erst, als du auf sie geschossen hast.«

»Ist das etwa meine Schuld?«

»Danke für den Tipp …«

»… aber das hatten wir sowieso gerade vor«, unterbrach Tim seinen Freund. »Nicht wahr, Bob?«

»Theoretisch schon, praktisch ist das nur leider nicht möglich. Da muss sich was verklemmt haben. Wir hängen fest«, erklärte Bob.

Bob löste den Sicherheitsgurt und ließ sich auf eine zweite Luke zutreiben. Es war der Notausstieg der Kapsel, der über eine weitere Schleuse direkt ins Freie führte.

»Wo willst du hin?«, fragte Tim.

»Uns loseisen, was denn sonst?« erwiderte Bob. »Du hältst solange die Stellung, während ich da draußen ein bisschen frische Luft schnappen gehe. Aber tu mir einen Gefallen: Rühr keinen der Knöpfe an und hau bloß nicht ohne mich ab, verstanden?«

»Das sind aber zwei Gefallen«, berichtigte Tim.

»Du bist echt so ein elender Klugscheißer, weiß du das?«

»Weiß ich«, antwortete Tim. »Bist du wirklich sicher, dass du da ganz allein raus willst?«

»Pass auf dich auf«, rief Tim seinem Freund hinterher, als Bob den Notausstieg öffnete.

»Tu ich doch immer und meistens auch auf dich«, entgegnete Bob, dann war er auch schon durch die Luke in der dahinterliegenden Schleuse verschwunden.

Kurz darauf tauchte er auf dem Monitor wieder auf, der die Bilder einer Außenkamera der Rakete einfing. Erleichtert stellte Tim fest, dass sein Freund an einer Rettungsleine hing, die ihn mit der Rakete verband.

»Die Aussicht hier draußen ist super! War sowieso höchste Zeit, sich ein bisschen die Füße zu vertreten.« Bob winkte, und Tim winkte zurück, obwohl das sein Freund gar nicht sehen konnte.

»Kriegst du genügend Luft da draußen?«, fragte Tim.

»In dem Anzug ist ein Sauerstoffvorrat, der reicht für eine Stunde, wenn ich schlafe, sogar für zwei. Keine Sorge, das reicht locker. Aber du hast mir immer noch nicht verraten, wo der Baron jetzt steckt. Erzähl mal, das vertreibt mir ein bisschen die Zeit, während ich arbeite.« Bob hatte inzwischen die Stelle erreicht, an der die Kapsel mit der Raumstation verbunden war. Eine der Dichtungen hatte sich verklemmt und verhinderte so, dass die Rakete abkoppeln konnte. Bob kramte in der Außentasche seines Raumanzugs nach dem Dolch des Prinzen. Er ließ die scharfe Schneide aufklappen und machte sich daran, die Dichtung zu lösen und ihre Rakete so wieder freizubekommen.

»Das glaube ich dir! Damit du uns in letzter Sekunde wieder unseren Erfolg wegschnappen kannst. Aber diesmal klappt das nicht, weil wir hier oben sind und du da unten bist«, sagte Tim.

»Nun spuck es schon aus«, drängelte Bob. »Ich bin hier gleich fertig, und dafür habe ich eine Belohnung verdient. Zum Beispiel, indem du endlich mal zu Potte kommst. In der Raumstation rumpelt es nämlich schon gewaltig.«

»Okay, dir verrate ich es. Aber Hoka muss weghören«, verlangte Tim. »Versprochen, Hoka?«

Kapitel vierundzwanzig
Völlig losgelöst

»Da war doch diese Schallplatte *The Dark Side of the Moon*, die in der Station herumschwebte, erinnerst du dich noch?«, fragte Tim.

»Die mit dem Dreieck und dem Regenbogen?«, fragte Bob zurück, während er die letzten Reste der eingeklemmten Dichtung mit der Spitze seines Dolches entfernte.

»Genau die. Der Titel heißt übersetzt so viel wie ›Die dunkle Seite des Mondes‹. Dunkel, weil man sie von der Erde aus nicht sehen kann. Das hat mit der gebundenen Rotation zu tun.«

Hoka Hay gähnte demonstrativ.

»Egal, das ist auch nicht wichtig und viel zu kompliziert, um es dir auf die Schnelle zu erklären. Du würdest es eh nicht verstehen. Wichtig ist, dass man auf der Erde die erdabgewandte Seite des Mondes nie zu sehen bekommt. Auch nicht mit Teleskopen oder so. Und dann erinnerte ich mich daran, dass Hoka gesagt hat, die Rettungskapsel der ISS sei plötzlich einfach so verschwunden. Aber nichts verschwindet einfach so. Es kann sich nur dem Blick entziehen, und genau das hat der Baron gemacht.«

»Wie denn?«, fragte Hoka Hay neugierig.

»Du hast versprochen, wegzuhören!«, entgegnete Tim sauer.

»Würde mich aber auch interessieren. Jetzt, wo ich hier fertig bin«, meldete sich Bob von draußen.

»Na, was glaubt ihr denn?! Von Funeral hat sich auf der anderen Seite des Mondes versteckt. Da ist er sicher«, erklärte Tim.

»The Dark Side of the Moon«, wiederholte Bob. »Klingt ja ziemlich abgedreht. Du meinst also, der Baron hockt da drüben irgendwo auf der Rückseite des Mondes?«

Als Bob mit dem Dolch auf den Mond zeigen wollte, fuhr er mit der scharfen Klinge versehentlich am Verbindungskabel entlang und durchtrennte es mit einem glatten Schnitt.

Was machst du denn da? Komm sofort zurück!
Du musst ihm mit der Kapsel hinter-her! Mach schon, solange du ihn noch sehen kannst.
Warum machst du das nicht? Du hast uns von da unten doch auch an der ISS angedockt.
Weil hier in Baikonur mal wieder der Strom ausgefallen ist. Schon vor einer Stunde. Mein Monitor, der Lautsprecher und die wichtigsten Mess-instrumente funktio-nieren nur …
… weil ich sie an die Batterie von einer dieser Elektrokarren angeschlossen habe.
Entschuldigt, wenn ich mich in euer Gespräch einmische. Im Grunde ist es mir völlig egal, wer von euch mich rettet. Aber wenn ihr nicht schnell etwas unternehmt, bin ich schon sehr bald ein Stern, der abends am Himmel leuchtet und euch daran erinnert, dass ihr mal einen guten Freund hattet.

Bob versuchte, seine Stimme ganz cool klingen zu lassen. Tim aber kannte ihn lange genug, um zu wissen, dass er in diesem Augenblick alles andere als cool war. Doch das war wahrscheinlich nur normal, wenn man langsam, aber sicher in die unendlichen Weiten des Alls abtrieb.

»Okay, dann sagt mir, was ich tun soll. Ich kann hier kein Lenkrad oder etwas Ähnliches erkennen«, sagte Tim.

»Direkt vor dir ist ein Joystick, siehst du den?«, fragte Bob.

»Ja«, erwiderte Tim.

»Okay, im Prinzip ist es auch nicht anders als bei einem Ballerspiel am Computer, wo du dein Raumschiff damit durch die feindliche Flotte dirigieren musst«, mischte sich Hoka ein.

»Ich daddel keine Ballerspiele!«, entgegnete Tim. »Das ist reine Zeitverschwendung. Ich spiele am PC höchstens mal eine Partie Schach.«

Bob und das Ninja-Mädchen seufzten fast gleichzeitig.

»Dann stell dir einfach vor, dein bester Freund wäre gleich schachmatt«, sagte Hoka. »Benutz dein *Big Brain* gefälligst mal für etwas Sinnvolles und tu endlich was.«

»Es ist gar nicht so schwer, das schaffst sogar du«, rief Bob dazwischen. »Beweg den Hebel erst mal zu dir hin, um dich von der Raumstation abzukoppeln. Anschließend schiebst du ihn einfach in meine Richtung. Der Rest geht fast von allein.«

Tim antwortete nicht, und auch Bob sparte sich einen Kommentar. Der tödliche Ernst der Lage war ihnen beiden klar. Ihre lange Glückssträhne hatte aufgehört, als sie in Baikonur die Rakete bestiegen hatten. Seitdem lief alles schief. Es war ihnen nicht gelungen, rechtzeitig die Besatzung der ISS zu erreichen, Bob drohte in der Unendlichkeit des Universums zu verschwinden, und der Baron hockte sicher auf der dunklen Seite des Mondes, um von dort seinen mörderischen Plan umzusetzen. Tim hoffte inständig, dass ihr Glück möglichst umgehend zu ihnen zurückkehrte, denn ohne ein bisschen Glück wäre es aussichtslos, Bob zu retten und von Funeral zu stoppen.

»Okay, Gott«, flüsterte Tim so leise, dass weder Hoka noch Bob ihn hören konnten. »Ich sehe dich hier oben zwar nirgendwo, aber ehrlich gesagt hatte ich das auch nicht unbedingt erwartet. Sollte es dich trotzdem geben, dann wäre das jetzt ein sehr guter Augenblick, dich mal ein bisschen nützlich zu machen. Und das gern im Expresstempo. Sonst ist es nämlich Essig mit der Menschheit, und ich denke, dass dürfte dir auch nicht ganz gleichgültig sein. Amen.«

Als wäre sein Gebet tatsächlich erhört worden, wurden Bobs Umrisse in dem kleinen Fenster immer größer, und das hieß, dass Tim den richtigen Kurs eingeschlagen hatte und sich seinem Freund näherte.

»Hab mich selten so gefreut, dich zu sehen«, begrüßte Bob ihn kurzatmig, als die Kapsel nur noch hundert Meter von ihm entfernt war.

»Alles klar bei dir?«, fragte Tim besorgt.

»Geht so. Der Sauerstofftank reicht wohl doch nicht für eine ganze Stunde«, entgegnete Bob keuchend. »Oder er war nicht aufgeladen, oder er hat ein Leck, was weiß ich. Ich halte besser die Klappe, um Luft zu sparen. Flieg einfach weiter, dann bist du gleich bei mir, und alles wird gut.«

Hinter sich bemerkte Tim plötzlich einen hellen Blitz.

»Was war da los, Hoka? Sag schon!«, rief Tim, weil er nicht sehen konnte, was sich in seinem Rücken abspielte.

»Gar nichts, fast nichts. Nur eine klitzekleine Explosion auf der Raumstation. Eine der beiden Ratten hat sich in ein Nebenmodul der ISS verirrt und es dann gesprengt, weil sie immer weiter gewachsen ist. Hast du den Knall nicht gehört?«

»Hier oben im All kann man das doch gar nicht hören«, erklärte Tim. »Die Schallwellen breiten sich im Universum nicht aus. Denen fehlt die Luft als Trägermedium.«

»Aber in den Science-Fiction-Filmen knallt das immer! Und zwar so richtig laut mit ordentlichem Krawumm, Bumm und Bäng«, widersprach Hoka.

»Das sind nur Filme! Das ist nicht echt! Oder glaubst du etwa, E.T., Alf und Luke Skywalker gibt es wirklich? Sag mir lieber, was diese ›klitzekleine Explosion‹ für Bob und mich bedeutet.«

»Sie bedeutet, dass euch gleich ein paar Trümmer um die Ohren fliegen. Noch nichts Großes, aber eine Menge Kleinkram, der unangenehme Löcher in Raumanzüge und menschliche Körper reißen kann.«

»Danke, das ist ja sehr beruhigend.« Tim reagierte sofort und steuerte die Rakete so, dass sie genau auf einer Linie lag zwischen Bob und dem Ort, an dem Tim die Raumstation hinter sich vermutete. Dann schloss er die Augen und hoffte, dass er sich nicht verrechnet hatte. Kurz darauf hörte er erleichtert die ersten Teile gegen die Kapsel prasseln. Sein Plan, die Rakete wie einen Schutzschild zwischen Bob und die Trümmer der ISS zu stellen, war aufgegangen. Als er die Augen wieder öffnete, sah er die Reste des explodierten ISS-Moduls in sicherem Abstand rechts und links an seinem Freund vorbeirasen. Bob, der immer noch Sauerstoff sparen wollte, sagte nichts. Er keuchte nur schwer und streckte Tim dankbar den Daumen entgegen. Auch Hoka rief ihm über den Lautsprecher ein anerkennendes »Hätte ich genauso gemacht« zu.

Tim wartete noch einen Moment, ehe er sich mit Bob und Hoka über die gelungene Aktion freute. Er wollte sicher sein, dass ihre Kapsel bei der Aktion keine nennenswerten Schäden davongetragen hatte. Erst als der Druck in der Kabine stabil blieb und auch die Steuerung noch einwandfrei auf Tims Befehle reagierte, atmete er erleichtert aus und nahm erneut Kurs auf Bob, der sich während des Zwischenfalls wieder weiter von ihm entfernt hatte und jetzt schon nur noch als kleiner Punkt am Ende des Horizonts zu erkennen war.

»Nein, dass die Kapsel auf der einen Seite von den Trümmern total verbeult ist. Das kannst du von hier drinnen nicht sehen, aber von draußen sieht es echt übel aus. Wie ein Auto, das in einen Hagelsturm geraten ist. Der S.W.A.P. zahlt das Ausbeulen bestimmt nicht.«

»Ich werde ein gutes Wort für euch einlegen«, meldete sich Hoka über den Lautsprecher. »Diesmal könnt ihr ja wirklich nichts dafür. Mal abgesehen davon, dass das alles nicht passiert wäre, wenn ihr darauf verzichtet hättet, mit eurem Atomisator auf die Ratten zu schießen. Jeder vernünftige Mensch hätte sich denken können, dass der in Schwerelosigkeit anders funktioniert als hier unten auf der Erde. Ich meine, das weiß ja sogar meine …«

»Du willst ja nur davon ablenken, dass du dir Sorgen um mich gemacht hast«, unterbrach Bob das Ninja-Mädchen. »Große Sorgen sogar, das habe ich gehört. Man macht sich nur Sorgen um jemanden, der einem nicht völlig gleichgültig ist und den man mag, auch wenn man das nicht öffentlich zugeben will.«

»Das ist der allergrößte Quatsch, den ich jemals gehört habe!«, entgegnete Hoka. »Ihr zwei seid mir so was von egal, das glaubt ihr gar nicht. Da interessiert mich ja das Schicksal der letzten Mutantenratte in der ISS noch mehr …«

Bob und Tim sahen sich an und grinsten.

»Um mich hat sie sich auch gesorgt. Das habe ich am Klang ihrer Stimme gemerkt«, sagte Tim.

»Aber bestimmt nicht so sehr wie um mich«, bemerkte Bob.

»Kommen in deinen Träumen eigentlich auch so grasgrüne Marsmännchen und fliegende Untertassen vor?«

»Ja, und diese kleinen grasgrünen Marsmännchen in ihren fliegenden Untertassen verpassen dir gleich einen intergalaktischen Haken, nach dem du leuchtende Sterne siehst.«

»Ist das dein Dank dafür, dass ich mich vor fünf Minuten zwischen dich und eine gewaltige Schrottmülllawine geworfen habe?«

»Du saßest doch in einer stabilen Kapsel, während ich völlig schutzlos durch den Weltraum gesegelt bin. Dir konnte doch überhaupt nichts passieren im Gegensatz zu mir!«

»Nichts passieren? Du hast ja keine Ahnung!«

»Hey, Jungs, ganz ruhig!«, brüllte Hoka dazwischen. »Kommt mal wieder runter! Wir sind hier, um die Menschheit vor dem tödlichen Virencocktail des Barons zu retten. Da ist es wenig hilfreich, wenn ihr euch wie zwei eifersüchtige Paviane benehmt.«

»Er hat angefangen!« Bob zeigte auf Tim.

»Stimmt ja gar nicht! Er war's!« Tim zeigte auf Bob.

KAPITEL FÜNFUNDZWANZIG
IM TRÜMMERREGEN

Die Jungs beobachteten die Explosion durch das Fenster ihrer Rakete. Es war ein unspektakuläres, lautloses ***PLOPP***, das die Raumstation in ihre Einzelteile zerlegte und das überhaupt nichts mit den großartigen Zerstörungsorgien interstellarer Raumflotten zu tun hatte, die Bob schon so oft im Kino gesehen hatte.

»Ehrlich gesagt bin ich ein bisschen enttäuscht«, bemerkte Bob.

»Was hast du denn erwartet?«, fragte Tim.

»Ein bisschen mehr Feuerwerksspektakel. Immerhin haben sich da gerade ein paar Milliarden Euro in Luft aufgelöst.«

»Für ein richtiges Feuerwerksspektakel mit allem Pipapo ist Sauerstoff notwendig. Ohne funktioniert das nicht. Von den Sauerstoffreserven der ISS dürfte aber nicht mehr viel übrig gewesen sein, weil die Riesenratten das meiste davon verbraucht haben müssten.«

»Du bist und bleibst ein Klugscheißer«, brummte Bob.

»Und außerdem ...«, fuhr Tim fort, ohne auf die Bemerkung seines Freundes einzugehen, »... haben sich die Milliarden leider nicht in Luft aufgelöst, sondern rasen direkt auf uns zu.«

Tim deutete auf die Trümmer der ISS, die in ihre Richtungen schossen. Durch das Fenster sahen die Jungs, wie eine Schrottwelle direkt auf sie zurollte. Die Teile waren größer und bedrohlicher als die nach der ersten Explosion an Bord der Raumstation, und sie näherten sich ihrer Kapsel rasend schnell. Doch statt den Kopf einzuziehen, wie Hoka ihnen geraten hatte, konnten die Jungs ihre Blicke nicht davon abwenden. Im Gegensatz zu der enttäuschenden Explosion der ISS war der Anblick dieser Welle aus Weltraumschrott einfach zu überwältigend. Die Strahlen der Sonne spiegelten sich in leuchtenden Goldtönen auf den Metallteilen.

»Das ist das Schönste, das ich jemals gesehen habe«, sagte Tim ergriffen.

»Sogar noch schöner als Hoka«, bestätigte Bob.

»Tausendmal schöner!«

»★☢✲☠≶#🗡! Von wem redet ihr da?«, brüllte das Ninja-Mädchen dazwischen.

»Kannst du das auf deinem Monitor nicht sehen?«, fragte Tim.

»Ja, schön wie ein Tornado und genauso tödlich«, schimpfte das Ninja-Mädchen. »Legt sofort den Rückwärtsgang ein und verschwindet aus dem Trümmerfeld, sonst seid ihr gleich ein Teil davon!«

Hokas Warnung kam zu spät, weil die ersten Schrottteile bereits gegen die Außenhaut der Kapsel prasselten. Die Erschütterung wirbelte die Jungs in der Kabine so kräftig durcheinander, dass sie für ein paar Sekunden nicht mehr wussten, wo oben und unten war. Dann war der Spuk auch schon wieder vorüber und die Trümmerwelle der ISS an ihnen vorbeigezogen.

Bob war mit dem Kopf gegen die Seitenwand geschleudert worden und schwebte bewusstlos in der Mitte der Kabine. Tim, der angeschnallt gewesen war, hing ohnmächtig in den Gurten seines Sitzes. Von irgendwo her ertönte das leise Zischen ausströmenden Gases, und aus einem losen Kabelende, das von der Wucht des Zusammenpralls mit den Trümmern aus der Wand gerissen worden war, sprangen in unregelmäßigen Abständen Funken, die wie feuerrote Schneeflocken durch den Raum trieben.

Tim kam als Erster wieder zu sich. Noch etwas benommen sah er sich in der Kabine um und entdeckte Bob, der bewusstlos in der Kapsel herumtrieb und dabei immer wieder mit dem Kopf gegen die Wände stieß. Tim löste seinen Gurt und ließ sich durch die Kabine auf seinen Freund zutreiben.

»Aufwachen! Los, komm schon! Wach auf!« Tim schlug Bob mit der flachen Hand leicht auf die Wange, um ihn aufzuwecken.

»Hast du mich gerade geschlagen?«, fragte Bob, als er endlich die Augen öffnete.

»Ich? Nein, das musst du geträumt haben«, erwiderte Tim. »Sonst alles klar bei dir? Ich meine, außer dass du dir Dinge einbildest, die es nie gegeben hat.«

»Zum Beispiel eine explodierende Raumstation?«

»Die gab es leider wirklich. Lass uns hier aufräumen und gucken, ob die Kapsel noch manövrierfähig ist.«

Während Hoka Hay die Jungs über den Lautsprecher weiter aufforderte, sich endlich zu melden, und dabei immer besorgter klang, begannen Bob und Tim die Funken zu löschen, das lose Kabel abzubinden und nach der Quelle des Zischens zu forschen. Es war ein Loch in einem Verbindungsrohr, durch das Gas in die Kabine strömte.

»Soll ich lieber die Helme holen?«, fragte Bob.

»Keine Sorge, das ist nur Wasserdampf. Trotzdem besser, du dichtest das ab«, entgegnete Tim.

Bob machte sich an die Arbeit, und Tim hangelte sich zurück zu seinem Sitz, um Hoka Hay endlich die frohe Botschaft mitzuteilen, dass Bob und er den Zusammenprall mit den ISS-Trümmern überlebt hatten.

»Hallo, Hoka! Uns geht's gut. Wie geht's dir?« Tim konnte hören, wie das Ninja-Mädchen erleichtert durchatmete.

»So gut nun auch wieder nicht! Ich habe Kopfschmerzen«, rief Bob von hinten dazwischen.

»Du hast dir schon wieder Sorgen gemacht, stimmt's?«, wollte Tim wissen.

»Klar habe ich mir Sorgen gemacht! Das Schicksal der Menschheit hängt unglücklicherweise davon ab, ob es euch zwei Idioten gut geht«, erwiderte das Ninja-Mädchen. »Weil ihr unglücklicherweise die Einzigen dort oben seid, die den Baron noch aufhalten können. Traurig, aber wahr.«

»Uns brauchst du nichts vorzumachen.« Bob kletterte auf den Sitz neben Tim und gab seinem Freund ein Zeichen, dass er das Leck in der Leitung geflickt hatte. »Du hängst an uns, gib's schon zu.«

»Ja, so wie eine nasse Jeans an der Wäscheleine. Die hängt da auch nicht freiwillig«, bemerkte Hoka.

»Die Russen glauben, ihren Bahnhof hier hätte eine komplette Armee besetzt. Die wissen ja nicht, dass ich allein bin. Und das müssen die auch gar nicht wissen. Ich steige gleich in ein Suburb-Shuttle und verdrück mich unbemerkt. Euch kann ich sowieso nicht mehr helfen. Ab dem Moment, an dem ihr in den Schatten des Mondes eintaucht, habt ihr keinerlei Kontakt mehr zur Erde und seid völlig auf euch allein gestellt. Das ist das ödeste Funkloch im ganzen verdammten Universum.«

»Prima! Dann quatschst du uns wenigstens nicht mehr dazwischen«, sagte Tim und lachte.

»Euch wird das Lachen gleich vergehen. Es gibt da nämlich etwas, das ihr wissen solltet«, erwiderte Hoka.

»Was Gutes oder was Schlechtes?«, wollte Bob wissen.

»Kommt drauf an, ob man euch mag oder nicht. Wenn ihr es tatsächlich auf die dunkle Seite des Mondes schaffen solltet, habt ihr nicht mehr genügend Treibstoff, um wieder von dort wegzukommen. Dann müsst ihr euch einen anderen fliegenden Untersatz besorgen. Oder ihr bleibt da. Für immer. Ich kann jetzt nichts mehr für euch tun. Es wird höchste Zeit, dass ich mich hier verabschiede. Ich glaube, ich bekomme gleich Besuch, und ich mag keinen Besuch. Da muss man vorher die Wohnung aufräumen und das Klo putzen.«

Im Hintergrund hörten Bob und Tim Schüsse und den Donner von Granatwerfern.

»Viel Glück euch«, rief Hoka Hay den Jungs zum Abschied zu, dann war in der Leitung nur noch ein Rauschen zu hören.

»Um die brauchst du dir keine Sorgen zu machen. Hoka schafft das schon«, versuchte Tim seinen Freund zu beruhigen. Bob hatte sich die Handschuhe ausgezogen und ließ seine Fingerknochen knacken.

»Um Hoka mache ich mir keine Sorgen. Da müssten die schon eine Atombombe werfen, um sie auszuschalten. Und das werden sie nicht, weil sie ihren schrottreifen Weltraumbahnhof dann endgültig abschreiben könnten. Ich mache mir Sorgen um uns beide!«

»Kann ich verstehen.« Tim nickte nachdenklich und griff nach seinem Ohrläppchen. »Wir könnten natürlich mit dem Rest Treibstoff auch einfach auf die Erde zurückkehren.«

»Könnten wir nicht«, widersprach Bob.

»Du meinst, weil wir versprochen haben, den Job zu erledigen und von Funeral zu stoppen? Weil wir nie wieder in den Spiegel gucken könnten, wenn wir jetzt kneifen? Weil die Menschheit ohne uns elendig an den Viren des Barons krepieren würde?«

»Nein.«

»Wie nein?«

»Wir können nicht zurück zur Erde, weil die Hitzeschutzkacheln unserer Kapsel schon nach der ersten Schrottdusche total hinüber waren«, erklärte Bob. »Das habe ich gesehen, als ich eingestiegen bin. Wenn wir mit dem Teil hier in die Erdatmosphäre eintreten, verglüht unsere Kapsel, und wir verglühen mit ihr. Wir haben gar keine andere Chance, als dem Baron einen Besuch abzustatten und zu hoffen, dass da noch ein Raumschiff rumsteht, das uns heil und gesund wieder zurückbringt.«

Die Jungs blickten schweigend aus dem Fenster. Direkt vor ihnen lag die Erde. Sie sah riesig aus und leuchtete in strahlendem Blau, das nur ab und zu von weißen Wolkenmassen verdeckt wurde, die sich in Zeitlupe über den Himmel schoben.

»Wir sind übrigens gerade über Europa!«, stellte Tim fest.

»Du kannst ja mal winken«, schlug Bob vor.

»Weißt du, wer mir absolut am meisten fehlt?«

»Deine Eltern?«

»Nein, die sehe ich ja sonst auch kaum. Snyder fehlt mir. Und ich würde mich sogar freuen, wenn sich die zauberhafte Chefin bei uns melden würde. Nicht zu vergessen Otto. Hätte nicht gedacht, dass ich die drei mal vermissen würde!«

»Geht mir ähnlich«, brummte Bob.

Die Jungs sahen einige Zeit aus dem Fenster, weil sie wussten, dass dort unten auf der Erde Menschen lebten, die ihnen etwas bedeuteten.

»Ab jetzt übernehme ich wieder, einverstanden?« Bob griff nach dem Steuer, ohne Tims Antwort abzuwarten. »Und während ich uns sicher auf die dunkle Seite des Mondes kutschiere, denkst du dir einen genialen Plan aus, mit dem wir den Baron endgültig ausschalten können.«

»Brauche ich gar nicht, ich habe nämlich schon einen.«

»Lass mich raten? Rausgehen und ein bisschen umschauen.«

»Woher wusste du das?«, fragte Tim mit gespieltem Erstaunen.

»So big, wie alle glauben, ist dein Brain gar nicht.«

Meinst du, dass das große, runde Ding, das da direkt vor uns schwebt, der Mond ist?
Das ist er, und jetzt konzentrier dich lieber auf die Landung, sonst hat der gleich noch einen Krater mehr.

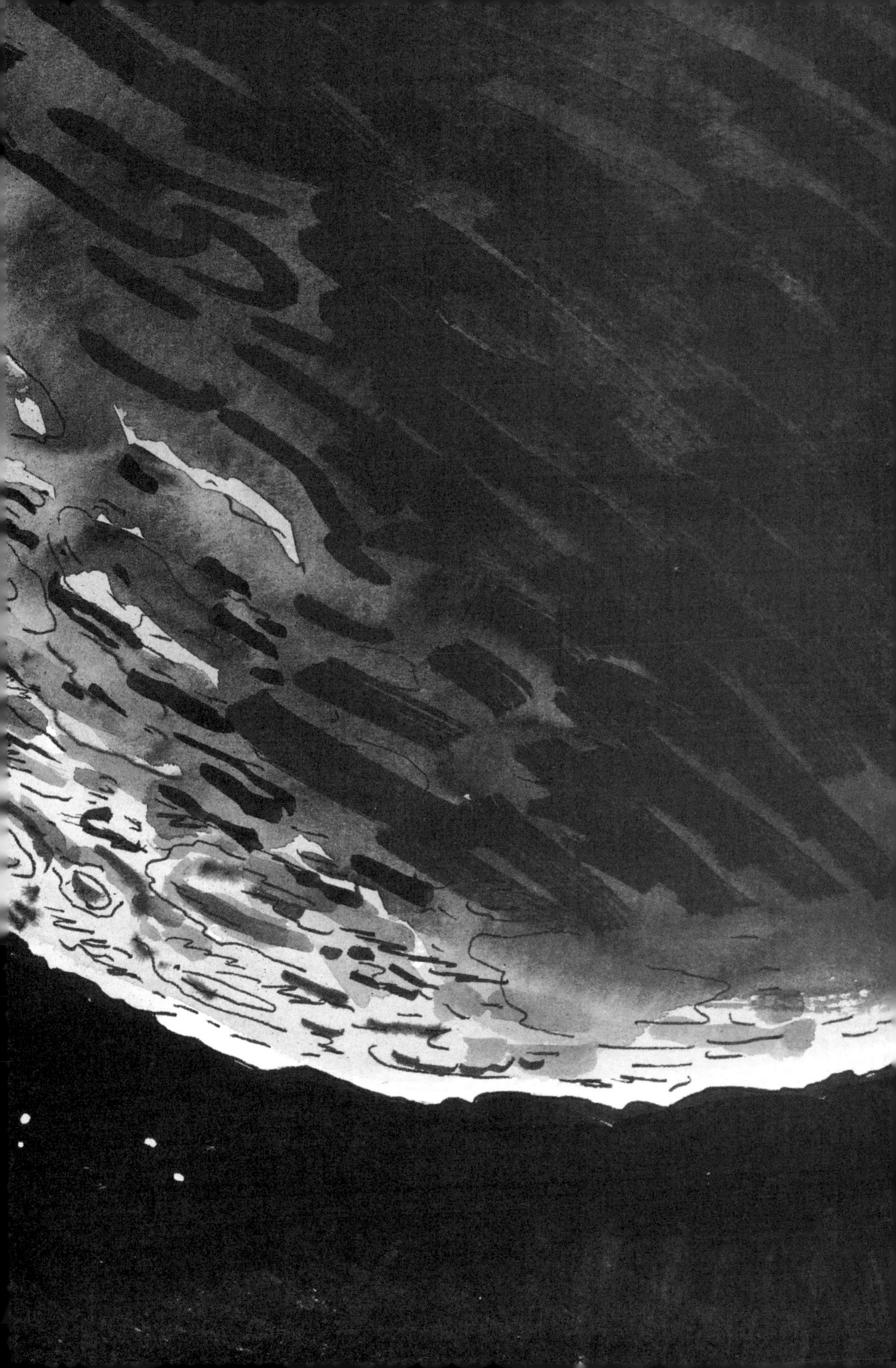

Kapitel Sechsundzwanzig
Die dunkle Seite des Mondes

»WOW!«, sagte Tim, als ihre Rakete die Rückseite des Mondes erreicht hatte.

»WOW!«, sagte auch Bob, weil WOW den Anblick, der sich ihnen bot, am besten beschrieb.

Die Landschaft unter ihnen war mit großen und kleinen Kratern übersät, die – wie Tim wusste – von unzähligen Meteoriteneinschlägen in der langen Geschichte des Erdtrabanten stammten. Das war auf dieser Seite des Mondes auch nicht anders als auf der, die man an klaren Nächten von seinem Schlafzimmerfenster aus betrachten konnte. Der Unterschied bestand darin, dass auf der erdabgewandten Seite der größte der vielen Trichter ein Dach aus Milchglas besaß und so von oben wie ein gigantisches Gewächshaus aussah. Bob schätzte, dass darunter locker Platz genug war für eine ganze Kleinstadt inklusive Gebäuden, Straßen, Parks und Bewohnern. Was sich wirklich unter der Kuppel befand, konnten die Jungs nicht erkennen, weil das trübe Glas jeden Blick ins Innere des Kraters verhinderte.

»Um die Rückreise brauchen wir uns schon mal keine Sorgen zu machen!« Bob stieß seinen Freund in die Seite und zeigte auf einen Parkplatz, der direkt neben dem überdachten Trichter lag und auf dem etwa fünfzig große Raumtransporter in fünf Reihen nebeneinander parkten.

»Und wer sagt dir, dass die Dinger da unten auch aufgetankt sind? Ich kann hier jedenfalls keine Tankstelle entdecken. Nicht mal einen Kiosk oder so was«, brummte Tim.

»Hast du eigentlich immer was zu meckern? Wir entdecken eine geheime Siedlung, von der niemand auf der Erde weiß, und du beschwerst dich, dass es hier keinen Kiosk gibt! Außerdem weißt du das doch noch gar nicht. Vielleicht steckt der da irgendwo unter dem Dach.«

»Dann lass uns nachschauen, ich habe nämlich Hunger.«

»Wenn du Hunger hast ...«, Bob holte eine Tube aus der Tasche seines Raumanzugs, »... hätte ich hier noch die Geschmacksrichtung ›Gebratene Gans mit Kartoffelknödeln und Rotkraut‹ für dich.«

»Danke, sehr großzügig. Aber Gans esse ich grundsätzlich nur zu Weihnachten. Und jetzt lass uns da rein, den Baron einkassieren und wieder verschwinden. Dann sind wir zum Abendessen wieder zu Hause.«

»Nichts dagegen«, erwiderte Bob und ging mit ihrer Kapsel langsam tiefer. »Da vorn ist noch ein Parkplatz frei.«

In ihrer Rakete näherten sich Bob und Tim den Raumgleitern, die neben dem überdachten Krater standen. Keiner der Jungs sprach es offen aus, aber beide hielten es für überaus wahrscheinlich, dass sie sich schon die ganze Zeit im Fadenkreuz eines Lasers oder einer Strahlenkanone befanden. Bob rechnete fest damit, innerhalb der nächsten Sekunden pulverisiert zu werden, und Tim stellte sich bereits bildlich vor, wie sich ihre Asche mit dem grauen Staub vermischte, der die Oberfläche des Mondes bedeckte.

»Seltsam, ich hätte geschworen, dass der Baron uns im Visier hat. Warum hat er uns nicht einfach abgeschossen?«, murmelte Tim, als Bob zur Landung ansetzte.

»Keine Ahnung«, erwiderte Bob. »Ich an seiner Stelle hätte es getan. Gut festhalten jetzt, gleich wird's ungemütlich!«

»Wahrscheinlich wusste er, wie mies du einparkst. Da hat er sich gedacht: Warum soll ich sie abschießen, wenn sie die Landung sowieso nicht überleben?«

»Kannst du mal eine Sekunde die Klappe halten? Ich muss mich konzentrieren.«

Rumpelnd setzte Bob ihre Kapsel in einer Lücke zwischen zwei Raumtransportern auf dem Boden ab. Doch da sich nur noch zwei der drei Landebeine ausfahren ließen, kippte die Kapsel langsam zur Seite und schrammte dabei an dem Raumgleiter entlang, der neben ihnen parkte.

»Wie ich gesagt habe: Um uns umzubringen, braucht es den Baron gar nicht. Das schaffst du auch ganz allein!« Tim hatte Mühe, aus seinem Sitz zu klettern, weil ihre Kapsel auf der Seite lag.

»Die nächste Landung übernimmst du. Dann wollen wir mal sehen, ob du das besser hinkriegst«, entgegnete Bob beleidigt und schnappte sich seinen Helm, der in eine Ecke gerollt war.

Auch Tim griff nach seinem Helm und öffnete die Ausstiegsluke. Als die Jungs ins Freie krabbelten, erblickten sie zum ersten Mal das ganze Ausmaß der Zerstörung, die die Trümmer der ISS an ihrer Rakete angerichtet hatten. Die Kapsel sah aus wie eine Konservendose, mit der eine fünfte Klasse in der großen Pause Fußball gespielt hatte. Die Metallwände waren völlig verbeult, und Bob glaubte sogar, einige bedrohlich wirkende Risse und Löcher in der Außenhaut erkennen zu können.

»Es ist ein Wunder, dass wir es mit dem Teil überhaupt bis hierher geschafft haben«, sagte Bob. »Das Ding ist ein klarer Fall für den Weltraumschrottplatz.«

»Hast du das schon gesehen?« Tim zeigte auf den Raumgleiter neben ihnen. Auf der weißen Außenhaut war ein mehrere Meter langer Kratzer zu erkennen.

»Das waren wir nicht, der war schon vorher da«, sagte Bob, der nur einen kurzen Blick auf den Lackschaden geworfen hatte.

»Von wegen ›der war schon vorher da‹. Das ist genau die Stelle, an der unsere Rakete nach deiner misslungenen Landung entlanggeschrammt ist. Das wird dem Baron überhaupt nicht gefallen und der Chefin auch nicht, wenn sie dafür die zauberhafte Rechnung aus der Raumschiffwerkstatt kriegt.«

»Entspann dich, der S.W.A.P. ist doch bestimmt versichert.« Bob begann in seinem Raumanzug wie ein Gummiball auf und ab zu hüpfen. »Das solltest du auch mal probieren! Das macht dich ein bisschen lockerer.«

»Du kannst nur so hoch springen, weil die Schwerkraft auf dem Mond geringer ist als bei uns auf der Erde.«

»Wäre ein Klacks, hier einen neuen Weltrekord im Hochsprung aufzustellen.«

»Das wäre dann aber kein Weltrekord, sondern ein Mondrekord«, korrigierte ihn Tim.

»Musst du eigentlich immer alles besser wissen«, knurrte Bob. »Kannst du einem nicht einfach mal für drei Sekunden ein wenig Spaß gönnen.«

»Einundzwanzig, zweiundzwanzig, dreiundzwanzig! Das waren genau drei Sekunden, und jetzt hör schon mit der albernen Hüpferei auf, du Flummi. Wir wollen den Baron schließlich nicht warten lassen.«

Bob und Tim bewegten sich wie Kängurus zwischen den geparkten Raumgleitern auf den überdachten Krater zu. Dank der geringen Schwerkraft gelang es ihnen trotz ihrer unbequemen Anzüge mühelos, den Rand zu erklimmen und so den Eingang der Kuppel zu erreichen. Als sie nur noch wenige Meter entfernt waren, öffnete sich eine runde gläserne Tür, die den Eingang zu einer Schleuse freigab.

»Sieht so aus, als würden wir erwartet«, bemerkte Bob, und Tim ergänzte: »Scheint so, und mit ein bisschen Glück hat der Baron für uns sogar einen Kuchen gebacken.«

Als sich die zweite Tür der Schleuse öffnete und ihnen endlich einen Blick ins Innere des Kraters erlaubte, riefen die Jungs gleichzeitig »WOW! WOW! UND NOCH MAL WOW!«, weil ein einfaches WOW! einfach nicht ausgereicht hätte, um ihr Erstaunen zu beschreiben.

»Hast du gerade ›ganz großes Tennis‹ gesagt?«, fragte Tim.

»Ja, stimmt damit was nicht?«, fragte Bob zurück.

»Kein Mensch sagt heute mehr ›ganz großes Tennis‹. So einen Spruch benutzen höchstens noch meine Eltern.«

»Meine auch, und denen würde es hier gefallen.«

»Meinen auch«, sagte Tim.

»Ich finde es ebenfalls ganz herrlich!«, meldete sich plötzlich die Stimme des Barons aus einem versteckten Lautsprecher. »Willkommen in Heidelberg 2.0! Folgt einfach der Gasse vor euch. Sie führt euch zu meinem Schloss. Ehrlich gesagt hatte ich gedacht, ihr würdet früher den Weg zu mir finden. Aber nun seid ihr ja endlich da.« Die Stimme verstummte für ein paar Sekunden, um sich kurz darauf doch noch einmal zu melden. »Übrigens könnt ihr eure Helme getrost abnehmen. Die Luft hier in Heidelberg 2.0 besitzt denselben Sauerstoffanteil wie auf der Erde. Und nein, das ist kein mieser Trick, ihr könnt mir vertrauen. Also trödelt nicht rum, sondern sputet euch ein bisschen. Ich hasse es zu warten, und auf euch warte ich schon viel zu lange.«

Bob und Tim wechselten einen kurzen Blick. Dann zogen sie ihre Helme aus und machten sich auf den Weg quer durch die Stadt. In den Schaufenstern der kleinen Läden rechts und links der Gasse lagen Brote, Fleisch, Käse und Gemüse. Andere Geschäfte boten Hosen, Jacken, Blusen oder Schuhe an, die aussahen, als stammten sie aus einem Theaterfundus. Der Schnitt der Kleider hinkte der aktuellen Mode um mindestens zweihundert Jahre hinterher. In einem anderen Schaufenster entdeckten die Jungs eine Taschenuhr mit einem handgeschriebenen Schild, auf dem ein Preis von drei Talern notiert war. Die ganze Stadt schien seltsam aus der Zeit gefallen, sodass Bob und Tim sich wie in einem Freilichtmuseum fühlten.

»Wo sind die alle?«, flüsterte Bob, damit der Baron ihn nicht hören konnte. »Wieso sieht man niemanden?«

»Weil hier niemand ist«, erwiderte Tim leise. »Das ist alles ein riesiger Fake. So eine Art Vergnügungspark ganz ohne Vergnügung.«

Bob hatte auch schon den Verdacht gehabt, dass das Pflaster

unter ihren Stiefeln nicht wirklich aus Stein bestand, sondern aus Kunststoff. Er streckte seine Finger nach einem der Häuser aus. Selbst durch seine Handschuhe konnte er spüren, dass auch die Fassaden nicht echt waren.

»Das ist alles aus Plastik«, zischte er Tim zu.

»Bingo Flamingo, der Baron ist ein Blender!«, erwiderte Tim leise und griff dabei nach seinem Ohrläppchen. »Der hätte die Ziegel, das viele Holz und den restlichen Kram ja auch unmöglich unbemerkt hier raufschaffen können. Ich frage mich nur schon die ganze Zeit: Wozu der ganze Aufwand?«

»Ich befürchte, unser Gastgeber wird uns gleich alles haargenau erzählen, weil wir ihm sowieso nicht weglaufen können.«

»Ja, und danach wird er uns ...« Tim sprach nicht aus, was von Funeral danach mit ihnen tun würde. Brauchte er auch nicht. Selbst Bob besaß genügend Fantasie, um sich vorzustellen, was der Baron am Ende mit ihnen anstellen würde. Ganz sicher würde er ihnen nicht tränenreich alle seine Sünden beichten, um dann zu schwören, ab heute ein guter Mensch sein zu wollen. Für die Jungs kam es jetzt nur noch darauf an, wie sie das Ende der Menschheit abwenden konnten, auch wenn es ihr eigenes Leben kostete. Merkwürdigerweise spürten Bob und Tim überhaupt keine Angst mehr, sondern nur noch die grenzenlose Gewissheit, dass sie diesen einen Job zu erledigen hatten, und wenn es das Letzte war, was sie tun würden.

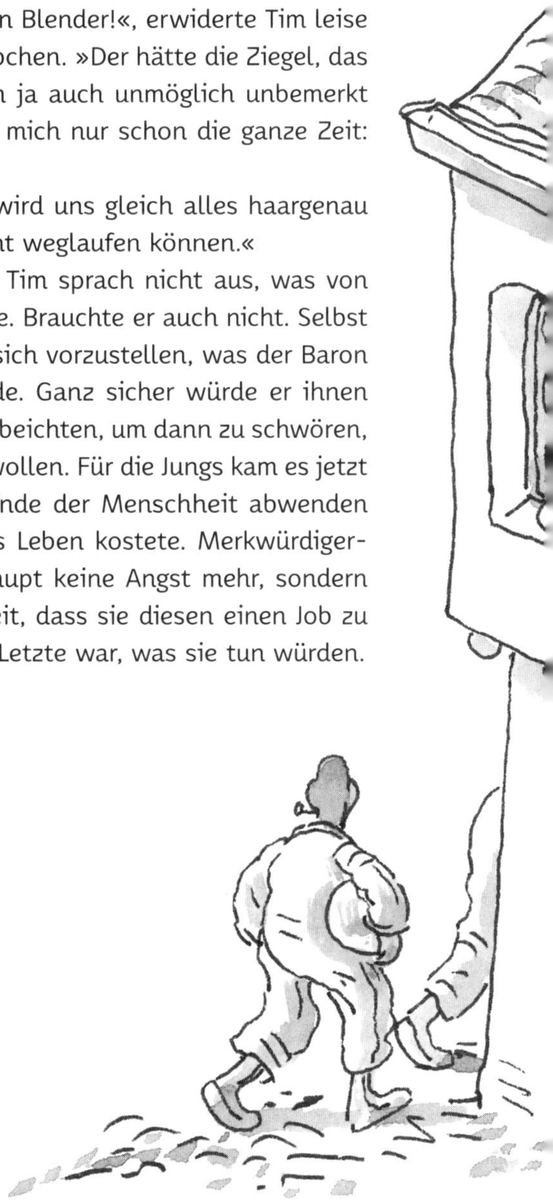

Kapitel Siebenundzwanzig
Stadt ohne Menschen

Die Gasse mündete in einer Allee, deren Kastanien auch nicht echt waren. Die plastikbaumbesäumte Straße führte die Jungs direkt auf den Schlossplatz von Heidelberg 2.0. Er war groß genug, um dort Militärparaden abhalten zu können. Doch von der Privatarmee des Barons war niemand zu sehen. Von Funeral wartete ganz allein auf die Jungs. Er saß auf einem mechanischen Pferd und besaß große Ähnlichkeit mit einem der Nazgûls aus dem »Herrn der Ringe«, weil er die Kapuze seines Mantels tief ins Gesicht gezogen hatte. In der rechten Hand hielt er die Zügel des metallisch schimmernden Gauls und in der Linken ein Gefäß aus schwarzem Stein, das selbst aus der Entfernung einen sehr alten und wertvollen Eindruck machte. Der Baron selbst bemühte sich, möglichst würdevoll zu wirken, und tatsächlich sah er fast so aus wie sein eigenes Reiterdenkmal.

Die Jungs kannten sich schon so lange, dass sie ihre Strategie vorher gar nicht erst hatten absprechen müssen. Sie wollten von Funeral reizen, bis er vor lauter Wut einen Fehler beging. Mit derselben Taktik hatten sie bei ihrem ersten Einsatz für den S.W.A.P. bereits den fiesen Professor Hazweio besiegt.

»Klappe, ihr Anfänger! Ihr wollt mich nur reizen und aus dem Konzept bringen, bis ich einen Fehler mache, weil ihr glaubt, das ist die einzige Chance, die ihr habt. Falsch gedacht! Ich lasse mich nämlich nicht reizen!«, brüllte von Funeral so laut, dass sogar sein mechanisches Pferd einen verschreckten Sprung zur Seite macht.

»Hält wohl keiner lange bei Ihnen aus, oder?«, erkundigte sich Tim.

»Wieso?«, keifte der Baron, der sein Pferd nur mit Mühe wieder unter Kontrolle bringen konnte.

»Na, weil Sie hier mutterseelenallein sind«, erklärte Bob. »Außer Ihnen und einem Pferd aus Metall ist ja niemand da. Und der Gaul scheint Sie auch nicht zu mögen. Ich meine, das muss man erst mal hinkriegen, dass einen ein Roboterpferd nicht leiden kann. Das ist echt eine Leistung. Respekt!«

»Redet nicht von Dingen, von denen ihr keine Ahnung habt«, fauchte von Funeral wütend. »Es ist niemand da, weil alle erst noch kommen werden, und das …«, der Baron hielt das Gefäß in die Höhe, »… ist die Büchse des Todes. Darin sind genügend Viren, um die gesamte Menschheit innerhalb eines Monats auszulöschen. Alle. Komplett. Endgültig.«

»Ich lerne immer gern was dazu. Erklären Sie es uns«, entgegnete Tim, und das tat von Funeral dann auch lang und breit. Er hatte schon vor Jahren damit angefangen, auf der dunklen Seiten des Mondes sein Heidelberg 2.0 zu planen, aber erst die Erfindung der 3-D-Drucker hatte es ihm ermöglicht, hier oben eine Stadt quasi aus dem Nichts zu schaffen. Alle Bauteile für die Häuser, Straßen, Maschinen, Raumgleiter, ja sogar für die Lebensmittel und Kleider, die Bob und Tim in den Schaufenstern gesehen hatten, waren aus dem Kunststoffdrucker gekommen. Mit seinem Geld hatte der Baron die Direktoren, Wissenschaftler und Arbeiter des Weltraumbahnhofs bestochen und so mit den Raketen unbemerkt nach und nach alles auf den Mond schaffen lassen, was er für seinen bösartigen Plan benötigte.

»Aber wozu der ganze Aufwand?«, wollte Bob wissen und zeigte auf die Stadt hinter ihm.

»Weil es zu viele sind! Einfach viel, viel, viel zu viele« antwortete von Funeral schnaubend.

»Zu viele was? Probleme? Mücken? Schlechte Nachrichten?«, fragte Tim.

»Menschen! Es sind einfach zu viele Menschen auf der Welt, und die allermeisten von denen mag ich nicht«, erwiderte von Funeral mit so viel Abscheu in der Stimme, dass sein Pferd erneut einen Satz zur Seite machte. Dem Baron musste es gelungen sein, auf der Festplatte seines Gauls so etwas Ähnliches wie Gefühle zu programmieren, nahm Bob an. Wahrscheinlich, weil er sonst niemanden hatte, mit dem er reden konnte, so ganz allein auf dem Mond.

»Es gibt Leute, die mag ich auch nicht, aber deswegen will ich die doch nicht gleich umbringen. Und schon gar nicht würde ich mir deswegen so ein kitschiges Disneyland bauen«, entgegnete Bob.

»Heidelberg 2.0 ist nicht kitschig! Es ist schön, und es ist romantisch. Ich bin ein romantischer Mensch!«, brüllte von Funeral.

»Deswegen also der eiserne Gaul! Ich wunderte mich schon«, bemerkte Tim. »Sie sehen sich selbst wohl eher so als der Prinz auf dem weißen Pferd, oder?«

»Die arme Prinzessin«, warf Bob ein. »Die kriegt doch lauter Ölflecken ins Kleid, wenn die zum Baron auf diesen Maschinengaul steigen muss.«

»Das ist keine Maschine! Das ist mehr als eine Maschine. Viel mehr. Auch wenn sie nur aus Stahl ist, hat sie doch ein Herz und teilt alle meine Gefühle mit mir: Hass, Neid, Niedertracht, Arglist und so weiter«, krächzte von Funeral unter seiner Kapuze. Vor lauter Erregung wäre ihm dabei beinahe die Büchse mit den Viren aus der Hand gefallen.

»Glückwunsch«, gratulierte Tim und fügte, um den Baron zu besänftigen, schnell hinzu: »Die Geschmäcker sind halt verschieden, und über Geschmack lässt sich nicht streiten. Ich würde hier nicht wohnen wollen, aber Hauptsache ist, Ihnen gefällt es.«

»Das ist ja auch alles nur vorübergehend!«, erklärte der Baron schon wieder etwas ruhiger, was Tim in seiner Vermutung bestätigte, dass von Funeral furchtbar launenhaft war. »In einer Stunde wird sich die Flotte meiner Raumgleiter mit der Büchse des Todes auf den Weg zur Erde machen, um Tausend Auserwählte zu mir auf den Mond zu bringen. Und zwar die Bösesten der Bösen. Den schäbigen Rest raffen dann die Viren dahin, die ich als Abschiedsgeschenk an die Menschheit auf meinem alten Heimatplaneten zurücklasse.«

»Aber Sie haben doch gar keine Piloten. Wer soll Ihre Raumgleiter denn fliegen? Sie sind doch ganz allein hier«, wandte Bob ein.

»Ich brauche keine Piloten. Das geht alles automatisch und ist nur eine Frage der richtigen Programmierung«, erklärte von Funeral. »Noch habt ihr die Möglichkeit, euch mir anzuschließen.«

»Ich weiß schon: Egal, was der S.W.A.P. zahlt, Sie zahlen das Doppelte. Den Spruch haben wir bereits ein paarmal gehört.« Tim winkte ab. »Danke, aber ohne uns.«

»Von wegen das Doppelte! Alles, was ich euch anbiete, ist euer kümmerliches Leben! Noch steht ihr nicht auf der Liste der boshaften Tausend, doch das könnte ich ändern.«

»Sehr großzügig«, erwiderte Bob. »Aber die Vorstellung, in ein paar Jahren auf eine Welt zurückkehren, die von Kakerlaken und Ratten beherrscht wird, finde ich jetzt nicht so reizvoll.«

»Was hast du gegen Kakerlaken und Ratten? Das sind doch ganz putzige Tierchen«, fragte von Funeral, so als hätte Bob ihn tödlich beleidigt.

»Nehmen Sie das nicht persönlich, Barönchen ohne Krönchen, aber ich lehne dankend ab«, bekräftigte Bob.

»Für mich gilt dasselbe«, schloss sich Tim seinem Freund an. »Auf die Aussicht, mit Leuten wie Ihnen, Professor Hazweio oder Madame Hot in diesem Retro-Heidelberg leben zu müssen, kann ich gut verzichten.«

»Professor Hazweio! Madame Hot!! Diese unwürdigen Stümper!!! Diese dilettantischen Nichtskönner!!!! Diese unfähigen Anfänger!!!!! Sie haben alles versaut!!!!!!«, tobte von Funeral von Neuem los.

»Ich fand die beiden eigentlich ganz nett!«, bemerkte Tim, um den Baron weiter zu reizen.

»Und sehr sympathisch!«, ergänzte Bob.

»NETT UND SYMPATHISCH???«

»Na ja, ist schon klar, dass Sie die nicht nett fanden. Wer mag schon seine Chefs«, sagte Tim.

»CHEFS??? Das waren doch nicht meine Chefs! Ich war ihr Chef!!!«

»Echt?« Die Jungs sahen den Baron mit gespieltem Erstaunen an.

»Wir hatten den Eindruck, es wäre genau umgekehrt gewesen«, bemerkte Bob.

»Genau«, bestätigte Tim. »Wir dachten, Hazweio und Madame Hot wären die, die sagen, wo es langgeht. Und Sie wären so eine Art ... wie sagt man ... Angestellter.«

»Bediensteter«, sagte Bob.

»Zuarbeiter.«

»Befehlsempfänger.«

»Diener.«

»Sklave.«

»Helferling.«

»Helferling? Was soll das denn sein?« Tim sah seinen Freund überrascht an.

»Na ja, jemand, der nur mithilft, aber nichts selbst entscheidet«, erklärte Bob.

»Das Wort, das du meinst, ist ›Handlanger‹.«

»Stimmt, das meinte ich.«

Mit jedem Begriff war die Wut des Barons gestiegen. Jetzt hielt er es nicht mehr aus. Er riss sich die Kapuze vom Kopf und enthüllte sein steinaltes, faltiges Gesicht, in das Bob als einer von ganz wenigen Menschen überhaupt schon einmal geblickt hatte. Dort, wo unter den dunklen Augen eigentlich eine Nase hätte sein sollen, war nur ein Loch, durch das der Baron vor Wut nun schnaufend ein- und ausatmete.

»Sieht so etwa ein Helferling aus?! Stellt ihr euch so einen Helferling vor?!«, fauchte von Funeral.

»Handlanger. Es heißt Handlanger, hat Tim doch gerade gesagt«, korrigierte Bob, und Tim stöhnte: »Sie sollten wirklich was mit Ihrer Nase machen lassen. Die Schönheitschirurgie hat in den letzten Jahren enorme Fortschritte gemacht. Meine Mutter kennt da einen guten Arzt, ich könnte Ihnen seine Adresse besorgen.«

»Schweigt! Schweigt! Schweigt! Oder …«, kreischte der Baron so laut, dass sein Pferd sich erschrocken zu ihm umdrehte. Als es in das nasenlose Gesicht seines Reiters blickte, stellte sich das mechanische Tier verschreckt auf die Hinterbeine. Von Funeral musste sich mit beiden Händen an den Zügeln festhalten, um nicht herunterzufallen. Dabei glitt ihm die Büchse des Todes aus der Hand. Sie segelte hoch durch die Luft und rotierte dabei um die eigene Achse. Bob reagierte als Erster. Er startete durch und sprintete zu der Stelle, an der die Büchse auf dem Boden landen würde. Die letzten Meter überbrückte er mit einem Hechtsprung. Er sah aus wie ein Torwart, der sich in die lange Ecke wirft, um einen nahezu unhaltbaren Ball zu fangen. Tim schaute ihm mit aufgerissenen Augen dabei zu, und auch von Funeral verstummte und verfolgte atemlos den Flug der Büchse. Nur wenige Zentimeter über dem Boden bekam Bob das Gefäß zu fassen. Er drückte es fest an die Brust und rollte sich geschickt ab, ohne dass das Behältnis dabei auch nur einen Sprung abbekam.

Ich hab sie! Ich hab sie!
Aber nicht mehr lange! Das schwöre ich!
Die Zeit der Romantik ist vorbei!
KLICK KLA
KLAPP
KLACK
KLA
Schnell! Mach das tot, bevor es Eier legt!
Ich? Du bist doch die Faust!

KAPITEL ACHTUNDZWANZIG
GEPLATZTE TRÄUME

»Ich gebe euch genau drei Sekunden, die Büchse des Todes auf dem Boden abzustellen und euch bedingungslos zu ergeben!« Drohend hielt von Funeral seine flache Hand ein paar Zentimeter über einen roten, halbkugelförmigen Knopf, der sich genau zwischen den Ohren seines Schlachtrosses befand. Tim nahm an, dass er damit die unzähligen Waffen bedienen konnte, mit denen das mechanische Pferd bestückt war. Bob erkannte Maschinengewehre, Kanonen, Raketen, Granaten, Feuerwerfer, Laser und noch einige Schusswaffen mehr, von denen er sich nicht ganz sicher war, für welche Arten von Munition sie gedacht waren.

»Und was passiert, wenn wir es nicht tun?«, rief Tim dem Baron herausfordernd zu.

»Halt den Mund und reiz ihn nicht noch mehr«, zischte Bob. »Mit dem Ding könnte er es mit den gesamten amerikanischen Streitkräften aufnehmen.«

»Er wird es nicht wagen, auf uns zu schießen, solange wir das hier haben.« Tim deutete auf die Büchse des Todes in seinen Händen und wandte sich wieder dem Baron zu: »Wenn Sie uns drohen, müssen Sie schon ein bisschen konkreter werden.«

Statt einer Antwort schlug der Baron mit der flachen Hand auf den roten Knopf vor ihm.

TACK! TACK! TACK!

Drei Salven Leuchtspurmunition ließen den Plastikkies vor den Stiefeln der Jungs aufspritzen. Bob und Tim machten instinktiv einen Sprung zurück, obwohl ihnen das überhaupt nichts genutzt hätte. Hätte der Baron sie wirklich erschießen wollen, wären sie jetzt tot.

»Er wird es nicht wagen ... alles klar!«, äffte Bob seinen Freund nach.

»So konkret hätte es auch wieder nicht sein müssen«, brüllte Tim dem Baron zu, dann flüsterte er Bob zu: »Na gut, ich habe mich geirrt. Und jetzt?«

»Du bist *Big Brain*. Ich bin nur *Die Faust*, und die kann gegen dieses Monsterpony da vorn nicht so wahnsinnig viel ausrichten.«

»Okay, hier ist mein Plan: Wir ziehen uns zurück in die Gassen von Heidelberg 2.0. Da ist es zu eng für seinen schießwütigen Gaul.«

»Wieso frag ich dich überhaupt?!«, seufzte Bob. »Entweder ›Rausgehen und Umgucken‹ oder ›Umdrehen und Wegrennen‹. Aus was anderem bestehen deine Pläne nicht.«

»Du kannst ja hierbleiben, wenn dir mein Plan nicht gefällt.«

»Nein, ist schon gut. Ich komme mit, einer muss ja auf dich aufpassen.«

»Was gibt es da zu flüstern? Habt ihr euch endlich entschieden?«, brüllte der Baron. »Oder beeinträchtigt Eisenmangel eure Konzentrationsfähigkeit? Es wäre mir ein Vergnügen, euch mit einer Portion Eisen auszuhelfen!«

»Sie haben da echt ein wunderhübsches Prachtpferd. Hat das auch einen Namen?« Tim wollte etwas Zeit gewinnen und deutete auf das metallene Schlachtross.

»Das ist kein er, das ist eine sie! Und sie heißt Brunhilde!«, entgegnete von Funeral.

»Schöner Name! Ich mag den. Echt! Klingt so sanft und lieblich«, lobte Bob laut. Leise flüsterte er Tim zu: »Brunhilde?! Der Kerl ist ja noch durchgeknallter, als ich gedacht hatte.«

»Brunhilde war eine Kriegergöttin. Das ist eine Figur aus dem Nibelungenlied.«

»Kenn ich nicht, wer singt denn das?«

»Das ist kein Song aus dem Radio. Das ist eine uralte Geschichte mit Helden und Drachen und …«

»Was gibt es da schon wieder zu tuscheln?!«, brüllte der Baron dazwischen. »Also, was ist? Auf wessen Seite steht ihr? Auf der Seite der Guten oder der Bösen?«

»Wer sind denn die Guten?«, brüllte Tim zurück.

»Die Bösen sind die Guten, wer denn sonst?! Und nun entscheidet euch endlich. Sonst …« Von Funeral holte drohend mit der Hand aus, so als wollte er erneut auf den roten Knopf vor ihm schlagen.

»Nicht nötig«, rief Bob ihm zu. »Wir haben uns schon entschieden …«

»… und zwar zu verduften. Schönen Tag noch«, vollendete Tim.

Im selben Moment drehten sich die Jungs um und rannten, so schnell sie konnten, die Allee entlang auf die schmalen Gassen von Heidelberg 2.0 zu.

Trotz seiner Seitenstiche raffte sich Tim noch einmal auf und lief seinem Freund hinterher, bis sie endgültig weit genug in die verwinkelten engen Straßen vorgedrungen waren, um in Ruhe etwas durchatmen zu können. Die Jungs duckten sich in einen Hauseingang und lauschten auf den Baron und sein galoppierendes Schlachtross.

»Das Schießen hat aufgehört.« Tim stand vornübergebeugt und stützte sich mit den Armen auf den Oberschenkeln ab.

»Klingt ganz danach«, sagte Bob. »Ich glaube aber nicht, dass der Baron uns einfach laufen lässt. Der wird bestimmt …«

KRAWUMMSBUMSBUMS!

Bob wurde durch ein lautes Geräusch unterbrochen. Es klang wie ein Bagger, der mit seiner Schaufel eine Mauer einreißt. Tim streckte den Kopf vorsichtig aus dem Hauseingang und schaute die Gasse hinunter. Am Ende der Straße sah er Brunhilde, die sich in ihre Richtung schob und dabei rücksichtslos all die hübschen Kunststoff-Fachwerkhäuser niederwalzte, die ihr dabei im Weg standen.

»Wenn wir wüssten, wo von Funeral seinen 3-D-Drucker lagert, könnten wir uns auch so ein Teil bauen und es Siegfried nennen«, schlug Tim vor.

»Siegfried? Was ist das denn für ein total bescheuerter Name?!«

»Das ist auch so ein Typ aus dem Nibelungenlied«, erklärte Tim, der seinen Kopf sicherheitshalber wieder zurückgezogen hatte.

»Vielleicht steckt er dort drüben«, sagte Bob plötzlich.

»Siegfried? Der ist doch schon lange tot!« Tim sah Bob verständnislos an.

»Doch nicht der Kerl aus dem Song! Der Drucker, du *Brain*!« Bob zeigte auf das Haus ihnen gegenüber, über dessen Eingang in großen Buchstaben »Druckerei« stand.

»Kluges Köpfchen!«, sagte Tim anerkennend. »Wo sollte er auch sonst sein als in der Druckerei?! Bei drei sprinten wir rüber. Eins, zwei …«

»Okay, vergessen wir den 3-D-Drucker.« Bob hielt sich die Nase zu, weil der ätzende Gestank von verschmortem Plastik zu ihnen herüberwehte. »Was nun?«

»Du hast doch noch den Atomisator, oder?« Tim spürte, wie der Boden unter Brunhildes Hufen immer heftiger erzitterte.

»Aber den können wir hier nicht benutzen. Sonst hätte ich das schon längst getan.«

»Wieso das denn nicht?«, fragte Tim ungeduldig.

»Du hast doch gesehen, was auf der ISS passiert ist«, antwortete Bob. »Wenn wir damit auf den Baron und seine Brunhilde feuern, haben wir es nicht nur mit einem Riesenschurken und einem Riesengaul zu tun, sondern mit einem gigantischen Riesenschurken und einem gigantischen Riesengaul. Mal abgesehen davon, dass er irgendwann das Glas der Kuppel durchbrechen wird, und dann heißt es Kuss und Schluss für uns alle.«

»Die Mutantenratten waren nur die Nebenwirkung der Schwerelosigkeit da draußen im All. Das ist hier auf dem Mond ganz anders. Ich garantiere dir, zu neunundneunzig Prozent ist der Baron nach dem Schuss verschwunden.«

»Sicher?«

»No risk, no fun!«

»Ich will nachher keine Beschwerden hören, wenn wieder was schiefgeht. Von wegen: Du hast doch geschossen!«

»Keine Sorge, ich übernehme die volle Verantwortung. Falls wir beide mit draufgehen, ist das dann nämlich auch egal. Und jetzt schieß endlich, sonst trampelt uns Brunhilde mit ihren Riesenhufen noch platt, bevor du auch nur einen Schuss abgegeben hast.«

Besorgt betrachtete Bob die Akkuanzeige seines Atomisators, die sich schon wieder im orangefarbenen Bereich befand.

»Wir haben sowieso nur einen!«, sagte Bob und drückte Tim die Büchse des Todes in die Hand. »Halt das mal solange.«

Dann sprang er mit einem Satz hinaus auf die Straße. Wie er gehofft hatte, war der Baron von Bobs plötzlichen Auftauchen viel zu überrascht, um den roten Feuer-frei-Knopf zu bedienen.

Bob betätigte den Abzug so kräftig und ausdauernd, dass er dabei zusehen konnte, wie die Leuchtanzeige seines Atomisators von Orange auf Rot sprang.

Als Tim das Zischen des Atomisators hörte, wagte auch er sich aus der Deckung. Brunhilde und der Baron hatten in Heidelberg 2.0 eine Spur der Verwüstung hinterlassen, und es hätte nur noch Sekunden gedauert, bis sie auch das Haus zerstört hätten, in dessen Eingang die Jungs Schutz gesucht hatten.

»Sie ist noch da«, bemerkte Bob, der neben Tim stand. »Und sie wird größer!«

»Brunhilde schon, aber von Funeral ist weg. Na ja, zumindest ein wichtiger Teil von ihm.« Tim zeigte auf den Sessel, auf dem der leblose Körper des Barons hing. Erst auf den zweiten Blick erkannte Bob, dass von Funeral keinen Kopf mehr besaß.

»Da hat sich von Funeral einfach so Hals über Kopf davongemacht. Willst du meine Theorie dazu hören?«, fragte Tim.

»Die, warum der Baron größtenteils noch da ist, oder die, warum Brunhilde immer größer wird?«

Tatsächlich wuchs das Schlachtross unaufhaltsam, schien dank ihres kopflosen Reiters ansonsten aber ungefährlich. Trotzdem traten die Jungs ein paar Schritte zurück, um von den Hufen nicht zerquetscht zu werden.

»Theoretisch ist das ganz einfach: Einerseits ist die Schwerkraft auf dem Mond nicht so stark wie bei uns auf der Erde. Andererseits herrscht hier aber auch keine völlige Schwerelosigkeit wie im All. Und deswegen wird manches größer, und anderes verschwindet. Brunhilde wächst, und der Kopf des Barons ist jetzt wer weiß wo. Ist doch logisch, oder?«, fragte Tim.

»Falls wir jemals wieder zurück auf die Erde kommen, erinnere mich bitte daran, dass ich dich nie, nie wieder *Big Brain* nenne.«

»Hast du vielleicht eine bessere Erklärung?«, entgegnete Tim eingeschnappt.

»Habe ich«, erwiderte Bob. »Wir schnappen uns einen der Raumgleiter, die da draußen stehen, und machen uns auf den Heimweg, bevor Brunhilde endgültig durch die Decke geht.«

»Das ist keine Erklärung, sondern eine Idee! Gut ist sie trotzdem!« Tim blickte beunruhigt nach oben. Die Ohren des Schlachtrosses stießen bereits gegen die Milchglasscheibe der Kuppel, auf der sich die ersten Risse zeigten.

Die Jungs rannten denselben Weg zurück, den sie gekommen waren, und erreichten schon bald die Schleuse, durch die sie Heidelberg 2.0 betreten hatten.

»★☘✲☠≋#☨«, fluchte Tim. »Wir haben keine Helme mehr!«

»Wie lange können wir es da draußen ohne die Dinger aushalten?«, fragte Bob.

»Keine Ahnung«, erwiderte Tim ehrlich. »Vielleicht zwanzig Sekunden, vielleicht auch nur zehn. Vielleicht zerplatzt unser Schädel aber auch sofort, wenn wir da ohne Helm rausgehen.«

Das ohrenbetäubende Knirschen kam von den Rissen, die sich jetzt wie ein Spinnennetz über die gewölbte Fläche der Kuppel ausbreiteten, weil Brunhilde an Größe und Umfang weiter zulegte und immer kräftiger gegen das Glas drückte.

Kapitel Neunundzwanzig
Flying Home

Diesmal sparten sich die Jungs das Runterzählen eines »3 ... 2 ... 1 ... und-los-geht's«-Countdowns. Sie sahen sich einfach nur an, nickten einander aufmunternd zu und sprinteten auf den Raumgleiter zu, der am nächsten an der Schleuse stand.

Während er rannte, hoffte Bob inständig, dass die Einstiegsluke nicht abgeschlossen war. Er würde keine Zeit haben, das Schloss zu knacken. Rennen, Tür auf, reinspringen, Tür zu: Dafür würde die Luft vielleicht reichen, aber schon ein Straucheln oder Zögern könnte ihr Ende bedeuten. Doch warum sollte hier oben auch jemand einen Raumgleiter abschließen, versuchte er sich zu beruhigen. Jetzt, wo der Baron verschwunden war, lag die Kriminalitätsrate auf dem Mond mit Sicherheit wieder deutlich niedriger als auf der einsamsten Insel der Erde.

Tim bemühte sich währenddessen, alles aus seinem Kopf zu verdrängen, was er über die Atmosphäre auf dem Mond wusste. Denn was er darüber gelesen hatte, besagte, dass sie es nicht einmal eine Sekunde überleben würden. Er hatte Bob angelogen, als er behauptete, es sei ihre einzige Chance. Sie hatten nicht einmal diese eine. Andererseits hatte es vor ihnen niemand ausprobiert, und immerhin waren bereits mindestens drei Sekunden vergangen, seit er losgelaufen war, und er lebte immer noch. Seine Lungen schmerzten, ihm war eiskalt, und er bekam kaum mehr Luft, aber er war nicht tot und Bob neben ihm auch nicht.

Der hatte mittlerweile die kleine Leiter erreicht, die zur Einstiegsluke führte, und kämpfte mit der Öffnung. Kurz darauf verschwand er in dem Gleiter. Kaum war Tim hinterhergesprungen, warf Bob die Luke hinter ihnen zu und drückte einen grünen Knopf, der sich direkt neben dem Eingang in der Wand des Raumschiffs befand. Schwer atmend lagen die Jungs auf dem Rücken und lauschten dem Rauschen des Gebläses, das daran arbeitete, den Innendruck auf ein für Menschen verträgliches Niveau zu bringen.

»Leben auf dem Mond ist also doch möglich«, keuchte Bob, als er wieder bei Atem war.

»Kann aber auch sehr schnell wieder vorbei sein«, entgegnete Tim hechelnd.

»Auch wieder wahr.« Bob erhob sich und sah sich um. »Lass uns das Cockpit suchen und uns auf den Heimweg machen.«

Die Jungs brauchten nicht lange, um es zu finden, weil der Raumgleiter nicht nur von außen einem Flugzeug glich. Im hinteren Bereich waren die Sitzreihen für die Schurken, die der Baron zu sich auf den Mond hatte holen wollen, und vorn gab es zwei Pilotensessel, von denen aus der Gleiter gesteuert wurde.

»Bist du sicher, dass du das Teil hier fliegen kannst? Wäre nämlich jammerschade, wenn wir das ganze Theater überlebt hätten, nur damit du uns dann gegen einen der unzähligen Sterne da draußen in unserem Sonnensystem crashst«, sagte Tim.

»Du hast doch gehört, was der Baron gesagt hat: Ist alles programmiert. Ich brauche nur noch einen von den vielen Schaltern hier zu drücken.«

»Und welchen?«

»Na, den hier zum Beispiel.« Bob betätigte einen roten Knopf, der sich genau in der Mitte des Cockpits befand.

»Du brauchst gar keinen Stern, um uns umzubringen. Das erledigst du auf Knopfdruck«, brüllte Tim gegen den Lärm an. »Herzlichen Dank auch! Wenn man dich als Freund hat, braucht man wirklich keine Feinde mehr!«

»Ich schieb dir gern eine Portion Mitleid rüber, aber erst, wenn wir im nächsten Weltraumjet sitzen.«

»Du willst wieder da raus?«

»Ich will nicht, ich muss! Und du auch! Also mach hinne!« Bob schob Tim vor sich her in Richtung Ausgang, während die Lautsprecherstimme verkündete: »Ihr Raumgleiter 5.3.2. wird sich in exakt zwanzig Sekunden in die Luft sprengen.«

Als die Jungs aus der Luke ins Freie sprangen, brach das Kuppeldach über Heidelberg 2.0 zusammen, weil es dem Druck der wachsenden Brunhilde nicht mehr hatte standhalten können. Bob und Tim rannten auf den nächsten Raumgleiter zu, da regneten auch schon die ersten Glassplitter der Kuppel auf ihre Köpfe. Als sie die Luke erreicht und sich in ihren neuen Raumgleiter gerettet hatten, prasselten die Scherben noch immer auf das Dach des Gleiters. Durch ein Bullauge konnten die Jungs zusehen, wie von Funerals Heidelberg 2.0 unterging, sich Brunhilde in die Lüfte erhob und mit dem kopflosen Körper des Barons dem Mondhorizont entgegenschwebte, weil es nichts mehr gab, was sie zurückhalten konnte.

»Genau wie Pegasus«, bemerkte Tim.

»Pega-wer?«

»Das war so ein Pferd, das fliegen konnte. Kommt in den alten griechischen Sagen vor.« Tim blickte Brunhilde nach, die immer schneller in den Weiten des Weltalls verschwand. »A star is born.«

»War aber nur eine ganz kurze Karriere. Kaum der Rede wert«, erwiderte Bob.

»Warum? Der Weltraum ist doch unendlich.«

»Ja, unendlich öde. Lass uns nach Hause fliegen!«

Im nächsten Augenblick explodierte der Raumgleiter hinter ihnen in einem kurz aufflammenden Feuerball, weil der Selbstzerstörungsmechanismus mit leichter Verspätung gezündet hatte.

Sie brauchten zehn weitere Versuche, bevor es Bob schließlich gelang, den richtigen Knopf zu erwischen. Die Jungs schnallten sich an, und der Gleiter startete senkrecht in die Luft, bis er genug Höhe erreicht hatte, um Kurs Richtung Erde zu nehmen.

Bob deutete auf die Büchse, die Tim fest an seine Brust gedrückt hielt. »Sag jetzt nicht, dass ist die Büchse des Todes? Was soll das sein? Ein Souvenir? Bist du jetzt völlig durchgeknallt?«

»Ups!«, erwiderte Tim ehrlich überrascht. Vor lauter Anspannung war es weder Bob noch ihm auf ihrer Flucht aufgefallen, dass Tim die Büchse die ganze Zeit in den Händen gehalten hatte. »Das habe ich gar nicht gemerkt! Echt nicht!«

»Nur mal so aus Interesse gefragt: Dein *Big Brain* hätte es nicht vielleicht für sinnvoller gehalten, die tödlichen Viren einfach auf dem Mond zu lassen, statt sie zurück auf die Erde zu schaffen?«

»Du hättest ruhig auch mal früher was sagen können!«, entgegnete Tim. »Aber wenn du die Dose unbedingt loswerden willst, kannst du ja das Fenster aufmachen. Dann schmeiß ich sie raus.«

»Lustiger Vorschlag. Wir sind im All! Wenn ich das Fenster öffne, sind nicht nur die Viren im Arsch.«

»Immerhin können wir mit der Büchse beweisen, dass wir den Baron tatsächlich besiegt haben und die Menschheit außer Gefahr ist.«

»Ja, solange du damit nicht versehentlich stolperst, wenn wir wieder zurück sind.«

Die beiden Freunde schwiegen eingeschnappt und betrachteten ihren blauen Heimatplaneten, dem sie sich mit hoher Geschwindigkeit näherten. Der blaue Ball vor ihnen wurde immer größer, sodass sie bald schon die verschiedenen Kontinente und Ozeane unterscheiden konnten.

»Jetzt gib schon zu, dass es toll aussieht«, unterbrach Tim die beleidigte Stille.

»Ja, sieht toll aus. Zufrieden?«

»Dann hat sich unser Einsatz gelohnt, oder?«

»Schon, aber ohne Menschen sähe es genauso toll aus.«

»Snyder und die Chefin würden mir fehlen und Otto auch. Die drei hätte ich echt vermisst, wenn es uns nicht gelungen wäre, die Menschheit zu retten.«

»Nicht zu vergessen Hoka Hay!«

»Ja, sogar die«, gab Tim zu.

Als sie mit ihrem Raumgleiter in die Erdatmosphäre eintraten, wurden die Jungs ein paar Minuten lang kräftig durchgeschüttelt. Dann war auch das überstanden.

Die letzte Etappe ihrer Reise unterschied sich nicht sehr von einem Flug in einer Chartermaschine. Abgesehen von der Landung, weil der Raumgleiter nicht auf einem Flughafen, sondern mitten in der Wüste aufsetzte und sich dort mit der Schnauze in eine riesige Sanddüne bohrte.

»Sanft ist anders.« Tim sah Bob vorwurfsvoll an, als er seinen Sicherheitsgurt löste.

»Was guckst du mich so an?! Ich kann nichts dafür! Ist alles programmiert«, erwiderte Bob gekränkt. »Ich frage mich nur, warum sich der Baron ausgerechnet eine Wüste als Landeplatz ausgesucht hat.«

»Vielleicht, weil es hier fast genauso aussieht wie auf dem Mond. Da hätte er sich gleich zu Hause gefühlt.« Tim öffnete die Luke und schaute hinaus. Es war Nacht, und ein runder, strahlender Vollmond stand hoch am Himmel. Dass Bob und er dort oben gewesen waren, schien ihm schon jetzt kaum mehr vorstellbar.

Guck mal, da vorn kommt unser Begrüßungs-komitee!
Die wollen uns bestimmt gratulieren.
Und uns als Helden des Weltalls feiern.
Vielleicht wird eine Straße nach uns benannt.
Oder sogar ein Stern.
Warum nicht gleich eine ganze Galaxie?
Verdient hätten wir es, aber so was von.

Mittlerweile konnten die Jungs erkennen, wer die in Beduinentracht gekleideten Reiter waren, die sich ihnen auf schwankenden Kamelen näherten. Ganz vorn ritt Hoka Hay, gefolgt vom Ölprinzen Scheich Ali Ben Air und zehn seiner Männer. Außer dem Scheich und dem Ninja-Mädchen trugen die Reiter alle dieselben altmodischen Gewehre, mit denen sie schon auf dem Marktplatz wild um sich geballert hatten.

»Schön, euch beide wohlbehalten wiederzusehen«, begrüßte Hoka Hay die Jungs.

»Die Freude ist ganz unsererseits, aber was wollen die hier?«, erwiderte Bob und deutete auf den Scheich und seine bewaffneten Krieger.

»Beachtet die gar nicht. Das ist nur ein kleiner Deal unter Freunden«, erwiderte Hoka Hay.

»Welche Freunde?«, wollte Tim wissen.

»Ihr wisst doch, dass der Scheich alles dafür geben würde, um seinen schlechten Ruf ein bisschen aufzupolieren. Und da kommt ihr und euer kleines Souvenir vom Mond gerade recht.« Das Ninja-Mädchen zeigte auf die Büchse, die Tim immer noch in der Hand hielt.

»Der will doch nicht etwa ...«, rief Bob entsetzt.

»Reg dich ab, das ist nicht gut für dein Herz.« Hoka Hay lächelte Bob an. »Keine Bange, er will es nicht gegen die Menschheit verwenden. Ganz im Gegenteil. Er will die Viren in dem Cocktail-Shaker der Weltpresse präsentieren. Als Beweis, dass er es war, der den Baron gestoppt und die Menschheit gerettet hat. So kann er zeigen, dass er doch kein so schlechter Mensch ist, wie alle glauben.«

»Ich bin euch beiden Jungs ...«, der Prinz stoppte kurz und deutete grinsend auf Bobs weiblich geschnittenen Raumanzug, »... also, ich bin euch beiden sehr dankbar für eure Hilfe. Vor allem, weil sie so billig war. Die einzigen Kosten, die ich hatte, waren das Vermittlungshonorar an unsere gemeinsame Freundin.«

»★☘✲☠≋#🗡!«, fluchte Tim. »Du hast uns schon wieder verraten!«

»Und ihr habt mich nach Israel geschickt. Schon vergessen?«, entgegnete Hoka. »Außerdem habe ich euch in Baikonur den Rücken freigehalten, die Besatzung der ISS in ihrer defekten Rettungskapsel sicher auf die Erde zurückgebracht und außerdem durch einen kleinen Hackerangriff in die Systeme des Barons dafür gesorgt, dass ihr sanft auf dem weichen Wüstensand gelandet seid und nicht rumpelnd im Himalaja oder sonst wo.«

»Genug geplaudert.« Der Scheich sah auf seine Uhr. »In zwei Stunden ist die große Pressekonferenz, auf der ich berichten werde, wie ich den Baron besiegt habe. Bis dahin muss ich mich noch ein bisschen zurichten!«

»Sie meinen herrichten«, korrigierte Tim.

»Nein, zurichten. Sonst glaubt mir doch kein Mensch, dass ich gerade einen lebensgefährlichen Kampf auf dem Mond überstanden habe. Dafür muss ich eher so zerkratzt und kaputt aussehen wie ihr.«

Bob und Tim sahen sich an und bemerkten erst jetzt, wie zerfetzt ihre Raumanzüge, wie verklebt ihre verschwitzten Haare waren und wie viele Kratzer sie abbekommen hatten.

Auf ein Zeichen des Prinzen hin stieg einer der Männer von seinem Kamel und nahm Tim die Büchse ab. Tim ließ es geschehen. Gegen die Beduinenkrieger hatten er und Bob mit einem leeren Atomisator keine andere Wahl.

»Und dann hätte ich gern noch meinen Dolch zurück«, forderte der Ölprinz.

»Das war ein Geschenk!«, widersprach Bob. »Geschenkt ist geschenkt, wiederholen ist gestohlen.«

»Heul doch«, bemerkte Hoka. »Hey, Jungs, wir sind hier nicht im Kindergarten – also kommt schon!«

»Der Dolch war selbstverständlich nur geliehen. Wenn ich dann also bitten dürfte ...«, sagte Ali Ben Air.

Grummelnd kramte Bob die Waffe hervor, weil die Männer des Scheichs ihre Gewehre auf ihn angelegt und gleichzeitig entsichert hatten.

»Dann bedanke ich mich noch einmal ganz herzlich für die hervorragende Zusammenarbeit«, verabschiedete sich der Prinz, als sein Krieger ihm Dose und Dolch überreicht hatte. Beides verpackte er sorgfältig in einer mit Perlen bestickten Satteltasche. Dann wendete er sein Kamel, um mit seinen Männern davonzureiten.

»Hinter der Düne da vorn ist eine Oase. Da könnt ihr euch ein bisschen frisch machen, denn ehrlich gesagt seht ihr schrecklich aus«, sagte Hoka. »Wenn mich nicht alles täuscht, befindet sich irgendwo in der Nähe auch eine Shuttle-Station.«

Bob und Tim sagten kein Wort. Sie starrten das Ninja-Mädchen einfach nur an.

»Ihr nehmt mir das jetzt doch nicht etwa übel, oder? Hey, seht es von der sportlichen Seite. Das nächste Mal gewinnt ihr wieder. Bis dahin!«

Hoka zog am Zügel ihres Kamels und galoppierte dem Scheich und seinen Männern hinterher, ohne sich noch einmal nach den Jungs umzusehen.

»Das ist wie beim Fußball. Jetzt hat sie ein Tor gemacht, und beim nächsten Spiel treffen wir dann wieder«, sagte Bob.

»Ja, nur dass Hoka immer die spielentscheidenden Tore macht und wir am Ende ohne Pokal und mit leeren Händen dastehen.«

»So leer sind die gar nicht. Immerhin haben wir wieder mal die Menschheit gerettet.«

»Aber das wird nie jemand erfahren!«, sagte Tim.

»Ich wusste gar nicht, dass du so eitel bist.«

»Ich bin nicht eitel, ich habe nur ein sehr ausgeprägtes Gerechtigkeitsempfinden. Und jetzt lass uns Kontakt zur Zentrale aufnehmen und dann zu dieser blöden Oase laufen.«

»Gute Idee«, sagte Bob.

»Klar, war ja auch meine.«

»Angeber.«

»Gummiwand!«

»Ist viel kaputtgegangen?«, hörten Bob und Tim die Stimme ihrer Chefin aus dem Hintergrund rufen.

»Nicht so wahnsinnig viel«, versuchte Tim sie zu beruhigen. »Mal abgesehen von der Raumstation ISS und Heidelberg 2.0, aber ich glaube nicht, dass der Baron den S.W.A.P. deswegen verklagen wird.«

»Zauberhaft, ganz zauberhaft«, stöhnte Angela Steel, und es war zu hören, dass sie das alles andere als zauberhaft fand. »Immerhin brauchten wir eure finnischen Dolmetscher nicht zu bezahlen. Das hat der Scheich übernommen.«

»Sie wissen von dem Scheich?«, fragte Bob überrascht.

»Hoka hat uns die ganze Zeit auf dem Laufenden gehalten«, erklärte Snyder. »Ihr wart dort oben ja nicht zu erreichen.«

 »Sie hat uns betrogen!«, rief Tim.

»Beim S.W.A.P. ist absolut kein Platz für Eitelkeiten. Die Menschheit ist gerettet, und das ist die Hauptsache. Wer das war, spielt absolut keine Rolle. Nur das Ergebnis zählt«, verkündete Snyder. »Tröstet euch damit, dass ihr auf dem Mond wart. Das kann nicht jeder von sich behaupten. Schade nur, dass ihr mit niemandem darüber reden dürft.«

»Warum denn nicht?«, wollte Tim wissen.

»Warum, glaubst du, nennt man uns wohl Geheimagenten?«, fragte Snyder zurück.

»Thomas ist ein wenig gereizt, weil er sich einen zauberhaften Virus eingefangen hat«, mischte sich die Chefin ein.

»Einen von denen, die der Baron gezüchtet hat?«, fragte Tim besorgt.

»Nein, er hat zauberhafte Windpocken!«, antwortete Angela Steel.

»Aber das ist doch eine Kinderkrankheit«, lachte Bob, und Tim ergänzte: »Waren Sie schon beim Kinderarzt? Was sagt der denn? Und haben Sie zum Abschied auch einen roten Luftballon bekommen? Oder war es ein blauer?«

Als Bob und Tim in ihren zerrissenen Raumanzügen über den heißen Sand zur Shuttle-Station marschierten, mussten sie immer noch grinsen, weil sie sich Snyder mit lauter roten Punkten im Gesicht vorstellten. Die Vorstellung versöhnte sie ein bisschen mit Hoka Hays Verrat und der Tatsache, dass nun der Scheich die Anerkennung bekommen würde, die eigentlich ihnen gebührte.

»Findest du sie jetzt immer noch süß?«, fragte Tim, als sie die Oase schon am Horizont erkennen konnten.

»Eigentlich ja«, erwiderte Bob.

»Ich auch«, sagte Tim.

»Pech für dich, denn am Ende wird sie sich doch für mich entscheiden.«

»Falls sie nicht im Harem des Scheichs landet.«

»Hoka doch nicht. Die ist total in mich verknallt. Ich sollte es dir nicht verraten, hat sie gesagt. Sie hat es mir gestanden. Damals auf dem Sauberberg, als du …«

»Das muss so eine Art Fata Morgana sein«, unterbrach Tim und lachte. »Oder eine Nachwirkung, weil du dir den Kopf gestoßen hast. Ich wollte es dir nur nicht erzählen, damit du nicht traurig bist. Aber auf dem Sauberberg hat Hoka mir gestanden, dass sie nur mich liebt.«

Und?! Wer hat dich sicher da rauf und wieder runter gebracht?
Das hätte ich auch ohne dich geschafft, du Schrottpilot.
Trotzdem liebt sie nur mich.
Da träumst du von.
ENDE